SPÉCIMENS

Catalogage avant publication de Bibliothèque et Archives nationales du Québec et Bibliothèque et Archives Canada

Gagnon, Hervé

Spécimens
(Collection Atout ; 108. Science-fiction)
Pour les jeunes de 12 ans et plus.
ISBN 978-2-89428-860-3

1. Titre. II. Collection: Atout ; 108. III. Collection: Atout. Science-fiction.

PS8563.A327S63 2006   jC843'.6   C2006-940018-0
PS9563.A327S63 2006

Les Éditions Hurtubise HMH bénéficient du soutien financier des institutions suivantes pour leurs activités d'édition :

- Conseil des Arts du Canada ;
- Gouvernement du Canada par l'entremise du Programme d'aide au développement de l'industrie de l'édition (PADIÉ) ;
- Société de développement des entreprises culturelles du Québec (SODEC) ;
- Gouvernement du Québec par l'entremise du programme de crédit d'impôt pour l'édition de livres.

Éditrice jeunesse : Nathalie Savaria
Conception graphique : fig.communication graphique
Illustration de la couverture : Éric Robillard (Kinos)
Mise en page : Philippe Langlois

Éditions Hurtubise HMH ltée
Téléphone : (514) 523-1523 • Télécopieur : (514) 523-9969
www.hurtubisehmh.com

ISBN 978-2-89428-860-3

Distribution en France
Librairie du Québec/DNM
www.librairieduquebec.fr

Dépôt légal/1er trimestre 2006
Bibliothèque et archives nationales du Québec
Bibliothèque et Archives Canada

Imprimé au Canada, réimpression juillet 2007

HERVÉ GAGNON

SPÉCIMENS

HERVÉ GAGNON

Historien et muséologue, Hervé Gagnon dirige *Blitz, Culture & Patrimoine,* une entreprise spécialisée dans la gestion et la mise en valeur de la culture et du patrimoine. Il a aussi enseigné l'histoire du Canada et la muséologie dans plusieurs universités québécoises.
Son intérêt pour la littérature jeunesse remonte à 1999, alors que son fils l'a mis au défi d'écrire un roman pour les jeunes. Il faut croire que le fils avait pressenti la vocation du père car, après *Au royaume de Thinarath* et *Fils de sorcière* (finaliste pour le prix de la Banque TD 2005 de littérature pour l'enfance et la jeunesse), *Spécimens* est le troisième roman qu'il publie aux Éditions Hurtubise HMH.

Un auteur écrit rarement seul.
Parfois, il lui suffit d'un peu d'encouragement.
Parfois, il a besoin d'aide.
C'est l'histoire qui cherche à naître
qui en décide.
Celle-ci a été particulièrement exigeante,
surtout pour mon entourage.

Catherine Chabot
m'a aidé à me remettre en marche
lorsque j'étais en panne
et m'a ouvert une toute nouvelle voie.
Sans ses lectures et relectures,
ses commentaires et son enthousiasme,
ce livre n'aurait jamais été terminé.

Valerie Kirkman
a lu, critiqué et commenté
avec sa patience habituelle.

Nathalie Savaria
m'a guidé comme elle seule sait le faire.

Elles méritent toutes mes remerciements.
H. G.

PROLOGUE

La nuit était tombée, et pourtant, tout était si clair, si brillant. À bout de souffle, Julien Leroux parvenait à peine à se rappeler que, quelques heures plus tôt, alors qu'il travaillait à réparer un mur de sa grange, une envie irrésistible d'aller marcher en forêt l'avait saisi. Sans trop savoir comment, son marteau encore dans la main, sa poche de gros clous de six pouces toujours attachée à la ceinture, il s'était retrouvé devant une caverne dont l'entrée brillait d'une lumière surnaturelle. Puis, il avait couru pour échapper à cette chose incompréhensible. Le diable, certainement. Il aurait dû écouter Monsieur le curé et se confesser plus souvent !

Maintenant, épuisé, vaincu, il était à genoux par terre. Une sphère lumineuse se posa lentement sur sa tête. Il tenta de résister avec les quelques forces qu'il lui restait, mais, déjà, son corps avait cessé de lui appartenir. Malgré lui, il se releva et tituba vers l'entrée de la caverne où il était revenu. Il lutta contre l'envie d'y entrer qui s'était formée en lui. À l'intérieur, la lumière, d'un bleu serein et chaud, palpitait langoureusement. Dans un langage mystérieux, elle l'appelait.

Julien Leroux fit un pas vers l'avant. L'image de sa femme et de ses quatre enfants surgit en lui. Qui allait prendre soin d'eux et de la ferme ? Non. Il devait résister. Pourtant, il fit quelques pas de plus et entra. L'intérieur de la caverne était terriblement brillant. On aurait dit qu'un soleil bleu s'y était logé pour la nuit. Mais la lumière n'avait rien d'aveuglant. Elle était chaude, terriblement confortable. Rassurante. Il n'avait qu'à se rendre au fond et à se perdre à tout jamais dans le faisceau de lumière qui émergeait du sol...

Il se trouvait maintenant à quelques centimètres du faisceau. Il en toucha la surface du bout des doigts. L'espace d'un instant, son esprit se remplit d'images de ce qui l'attendait là, en bas. Dans un ultime effort de volonté, il parvint à s'arracher au contrôle de la sphère et à reculer. Étonné, il vit comme pour la première fois le marteau qu'il tenait toujours. Il ne pourrait pas résister longtemps. Il devait faire vite. D'une main tremblante, il saisit un clou dans sa poche de cuir. Pleurant de terreur, il plaça le clou sur son pied et frappa de toutes ses forces. La douleur lui arracha un hurlement terrible. Peu importe, mieux valait souffrir maintenant que d'être condamné à ce qu'il avait entrevu. Ces choses... Ces yeux terribles... Il frappa, frappa, jusqu'à ce que le métal finisse par creuser la pierre et se ficher solidement dans une fente. Il saisit un autre clou et cogna, liant à jamais ses pieds à la pierre. Sur le sol, le sang s'accumulait déjà. Gémissant, il planta un clou dans le creux de sa main gauche qu'il appuya contre la paroi rocheuse. Puis, de nouveau, il frappa et frappa et frappa. Lorsque tout fut terminé, il lança son marteau le plus loin possible. Là, près de la sortie, l'outil le narguerait jusqu'à la fin.

La mort viendrait lentement. Trop lentement. L'homme espérait seulement que les clous tiendraient. Car il savait que la tentation serait puissante et que s'il pouvait se les arracher des pieds et de la main, il irait se perdre dans la lumière. Avant que la folie ne le gagne complètement, de sa main libre, il grava son nom avec un caillou sur la paroi rocheuse, dans l'espoir qu'un jour quelqu'un le retrouverait et que sa famille comprendrait qu'il n'avait pas eu le choix. Qu'il avait été assez courageux, assez fort pour résister, pour éviter le sort qu'avaient subi les autres...

Julien Leroux
12 juillet 1905

Première partie

ÉMERGENCE

1

LE LAC ROND

Bien calé sur la banquette arrière de la fourgonnette familiale, le menton dans le creux de la main, Félix Grenier était maussade. Il regardait le paysage défiler le long de l'autoroute. La pluie tombait abondamment, rendant le trajet encore plus ennuyant qu'à l'habitude. Chaque été, au début de juillet, le départ de la famille Grenier pour le lac Rond signifiait que les vacances étaient vraiment commencées. Plus de devoirs ni d'examens pour deux mois ! En soi, c'était bien. Sauf que cet été, ses parents avaient décidé de bannir les jeux vidéo du chalet. Ils lui avaient fermement interdit d'apporter sa console de jeu et son ordinateur portable. Il n'avait même pas droit à la télévision. Deux longs mois sans quelque écran que ce soit ! Une véritable diète vidéo... Mais son historien de père, qui écrivait tout le temps, l'avait apporté, lui, son portable. C'était vraiment injuste !

Pour la première fois depuis qu'il avait six ans, Félix allait passer l'été sans Christine

Lacasse. Les parents de Félix et ceux de Christine étaient de vieux amis. Ils se retrouvaient chaque été au lac Rond, à quelques kilomètres d'un tout petit village perdu dans les bois, Saint-Jean-des-Bois-Francs. Rien ne venait jamais troubler la quiétude des étés au chalet. Pendant deux mois, on se reposait, on jouait, on riait. Mais plus rien ne serait pareil, maintenant. En mars, Christine lui avait fait parvenir un courriel tout triste dans lequel elle annonçait que ses parents divorçaient. Cet été, elle devait rester en ville avec sa mère et se rendre chez son père la fin de semaine. Les Lacasse avaient mis leur chalet en vente, mais, faute d'acheteur, ils l'avaient loué pour l'été, espérant le vendre dans le cours de l'année.

Christine allait lui manquer, avec son petit nez retroussé, ses grands yeux verts et ses cheveux blonds qui brillaient au soleil. Félix soupira bruyamment.

— Qu'est-ce que tu as? demanda sa mère, assise sur la banquette avant, en se retournant vers lui. Tu t'ennuies?

— Il s'ennuie de Christine! persifla méchamment Abelle, la jeune sœur de Félix, un sourire satisfait fendu jusqu'aux oreilles.

À dix ans, haute comme trois pommes, Abelle, comme toutes les petites sœurs, avait un don absolument exceptionnel pour irriter son frère. Une vraie peste !

— Tu vas te taire, oui ? hurla Félix. Je vais te mettre ma main dans la face, moi !

— Abelle ! grogna Monsieur Grenier en faisant les gros yeux dans le rétroviseur. Laisse ton frère en paix.

— Ton père a raison, ajouta Madame Grenier. Il est malheureux. Il faut respecter ça...

Félix n'en pouvait plus. Il explosa.

— Je ne suis pas malheureux. Allez-vous me laisser tranquille avec ça, à la fin ? Vous m'avez interdit les jeux vidéo. Alors, je n'ai rien à faire et je soupire. Un point, c'est tout.

— Bon, bon. Tu t'ennuies, dit sa mère en se retournant vers l'avant. Ce n'est pas une raison pour crier après les gens...

Les parents de Félix savaient bien que Christine était devenue davantage pour lui qu'une simple copine. Ils les avaient vus grandir et avaient souvent surpris leurs sourires complices. Une fois ou deux, l'été dernier, ils les avaient même aperçus, au loin dans la forêt, main dans la main, pensant que personne ne les voyait.

Dans le lourd silence qui s'était installé, Félix s'abandonnait à ses idées noires. Au lieu de Christine, il allait probablement se retrouver avec des voisins bedonnants en chemises à fleurs et en bermudas à carreaux, sandales et chaussettes blanches aux pieds, qui passeraient l'été à faire cuire des steaks sur le BBQ en buvant de la bière. Ou, pire encore, avec une troupe d'enfants criards et agaçants qui courraient partout en pleurnichant. Et si jamais il y avait une fille, elle allait forcément être moche... Un bel été en perspective... En ruminant ces pensées, Félix finit par s'endormir, la tête appuyée contre la glace.

Les Grenier étaient arrivés au chalet. Au lieu de garer la voiture tout près du chalet, comme il le faisait toujours, Monsieur Grenier la laissa au bas de l'entrée. Félix ouvrit la portière et sortit. L'air de la nuit était trop frais pour ce début de juillet. L'herbe était recouverte d'une rosée qui tournait presque au givre et Félix pouvait apercevoir son souffle qui se condensait devant sa bouche. Mais personne d'autre ne semblait trouver cela inhabituel. Félix sentait une étrange angoisse lui serrer la poitrine. Son père, sa mère et Abelle se dirigèrent vers le chalet, perché au sommet d'une petite butte, et entrèrent sans se retourner. Les jambes paralysées par une étrange lourdeur, Félix resta seul près de l'auto.

Derrière le chalet, se profilait la colline Grandville, qui dépassait la cime des arbres à deux ou trois kilomètres de là. À son sommet brillait une étrange lueur bleue que personne ne semblait avoir remarquée. La nuit en était si bien éclairée que Félix pouvait voir la balançoire sur le balcon avant et la porte moustiquaire qu'Abelle avait laissée entrouverte.

Cette lumière était malfaisante, il le sentait. Il en émanait d'étranges pulsations. Toujours figé sur place, Félix sentit son corps en être peu à peu envahi. Ses oreilles se remplirent d'un bourdonnement assourdissant. La lumière brillait de plus en plus. Elle enveloppa le chalet et s'étendit lentement dans sa direction. Les mains sur les oreilles, il la vit s'approcher et, sans en être le moindrement aveuglé, il s'y trouva bientôt entièrement plongé. À l'orée de la forêt, parmi les arbustes, de grands yeux noirs et sans expression le fixaient froidement. Quelque chose l'appelait. Quelque chose d'inhumain…

— Félix ? Réveille-toi, dit sa mère en lui secouant doucement l'épaule. Nous sommes arrivés.

Félix se réveilla en sursaut. L'esprit un peu embrumé, il sortit de la voiture et aida sa famille à rentrer les bagages. Il faisait noir et la pluie avait cessé. Une valise au bout de chaque bras et un gros sac à dos sur l'épaule droite, il s'arrêta pour regarder les environs, encore vaguement imprégné des images de son rêve. Le chalet était exactement comme chaque année : une petite bâtisse rustique en bois rond de cinq pièces avec un grand balcon qui ornait toute la façade avant. Construit au sommet d'une petite butte, il avait un air faussement majestueux. Derrière, la forêt s'étendait à perte de vue, son sommet percé par la colline Grandville, un peu plus loin. Mais pas de trace de lumière bleue.

Félix fit quelques pas. Sur la droite se trouvait le chalet de Christine… enfin, l'ancien chalet de Christine. Malgré l'heure tardive, les lumières de la cuisine y étaient allumées et une vieille familiale un peu rouillée était garée dans l'entrée. Bon... Les nouveaux voisins. En soupirant, il gravit les marches et entra dans le chalet. L'été allait être long...

Une fois à l'intérieur, il fallut ranger les chaudrons et les conserves, puis ouvrir les valises et transférer les vêtements dans les commodes, faire les lits, remplir le réfrigérateur. Madame Grenier insista même pour faire un peu de ménage. Abelle s'était mise au lit vers vingt-deux heures, fatiguée et grincheuse. Félix, lui, aida ses parents jusqu'à minuit avant d'aller se coucher. Dans sa chambre, il s'arrêta un instant devant le miroir de la commode. Bien sûr, il était tard, mais l'image qui s'y reflétait avait tout de même l'air triste. Les cheveux bruns assez longs, les yeux bruns, le nez un peu rond qui avait supporté des lunettes jusqu'à l'arrivée bénie de lentilles cornéennes voilà moins d'un an, les vêtements amples comme l'exigeait la mode... Il décida que l'image pouvait aller se faire voir. Il avait l'air d'un gars de presque quatorze ans un peu fatigué et rien de plus. Rien à voir avec Christine.

Félix dormit mal, cette nuit-là. Ses rêves grouillaient d'yeux noirs qui le regardaient froidement et qui lui faisaient peur. À six heures, il s'éveilla d'un dernier cauchemar et décida de se lever. L'esprit embrumé et de mauvaise humeur, il s'habilla, attrapa une banane sur le comptoir de la cuisine et sortit sur le balcon. Son été ennuyant était officiellement commencé...

Assis sur la balançoire, il observait les environs sans vraiment s'y intéresser. Son regard bifurqua vers la gauche. À travers la rangée d'arbres, il pouvait entrevoir l'ancien chalet de Christine. Dans l'entrée, la vieille familiale était toujours là. Tout à coup, il eut un terrible coup de cafard. D'un pas traînant, il se dirigea vers le bord de l'eau. Perdu dans ses pensées, il ramassa une poignée de cailloux et se mit à les lancer machinalement un à un, les regardant rebondir deux ou trois fois sur la surface lisse du lac.

Félix s'absorba dans le mouvement paresseux des cercles tracés par les cailloux sur la surface. Après tout, il n'avait rien de mieux à faire... Une voix le fit sursauter.

— Salut.

À quelques mètres de lui se tenait une jeune fille à l'air déluré qui semblait avoir à peu près son âge. Les cheveux bruns mi-longs coiffés en queue de cheval, elle était vêtue d'un chandail de sport en coton ouaté blanc avec capuchon, d'un t-shirt rayé orange et bleu et d'un short en denim coupé un peu n'importe comment. Les mains dans les poches, elle avait un sourire espiègle et ses grands yeux noirs le fixaient avec un air qui frôlait l'effronterie.

Félix était bouche bée. C'est qu'elle était mignonne...

Elle s'avança vers lui, la main droite tendue.

— Moi, c'est Émilie. Et toi ?

— Félix, répondit-il en secouant sa torpeur.

— Tu habites là ? demanda Émilie en désignant de la tête le chalet des Grenier.

— Là ? Euh... Oui, c'est notre chalet.

— Tu n'as pas l'air certain, dit-elle d'un ton moqueur. De toute façon, je ne vois pas où tu habiterais à part là. Ton chalet et le nôtre semblent être les seuls bâtiments à avoir survécu à une apocalypse nucléaire. Aucune civilisation en vue !

Félix ne trouva rien à répondre.

— Alors, forcément, moi, j'habite juste à côté, là, poursuivit Émilie.

— Dans le chalet des Lacasse ?

— Je crois que c'est le nom des gens qui nous l'ont loué, oui. Tu les connais ?

— Assez, oui, répondit Félix en essayant de ne pas trop penser à Christine.

Un silence inconfortable s'installa, que Félix finit par briser.

— Tu vas passer l'été ici avec ta famille ? demanda-t-il.

— Avec ma mère.

— Et ton père ?

— Il nous a larguées, ma mère et moi, lorsque je n'avais que quelques mois.

— Oh ! Je suis désolé.

— C'est pas grave. Nous sommes sans doute mieux sans lui.

— Tu viens d'où ?

— De Montréal. Et toi ?

— De Sherbrooke. Tu y es déjà allée ?

— Non. Je ne suis pas souvent sortie de Montréal. En fait, c'est la première fois que ma mère peut nous offrir des vacances d'été à l'extérieur. Elle est artiste-peintre. Elle travaille fort et elle a un talent fou, mais on ne peut pas dire que nous roulons sur l'or, si tu vois ce que je veux dire.

Le craquement d'une branche interrompit leur conversation. Une femme traversa le boisé entre les deux chalets, une assiette recouverte de papier d'aluminium dans les mains.

— Tiens, la voilà justement, dit Émilie.

Brunette à l'air dynamique, comme sa fille, la mère d'Émilie s'approcha en souriant. Elle avait sur la tête un immense chapeau de paille à larges rebords décoré d'un ruban à fleurs rouges et bleues. Elle portait un grand sarrau taché de toutes sortes de couleurs.

— Bonjour, jeune homme. Je suppose que tu es notre voisin ? demanda-t-elle. Tu excuseras mon accoutrement. Je dois faire peur à voir. J'étais en train de peindre lorsque le four a sonné. Je ne voulais pas que les galettes refroidissent.

Sans attendre de réplique, elle poursuivit son chemin, monta sur le balcon et frappa à la porte. Quelques secondes plus tard, Madame Grenier lui ouvrit. Les deux femmes furent bientôt en pleine conversation et l'assiette changea tout naturellement de mains. Elles disparurent à l'intérieur, visiblement ravies de faire connaissance.

— Je te parie que mes pierres font plus de bonds que les tiennes, dit Émilie en souriant.

— Cause toujours.

Tout en lançant des pierres, Félix lui parla de la manière dont il passait habituellement ses journées d'été.

— J'aimerais bien que tu me montres la forêt. En ville, on ne la voit qu'au parc et à la télévision. C'est cette chose verte, là derrière ? demanda-t-elle en riant.

La mère d'Émilie émergea finalement du chalet. En descendant l'escalier, elle se retourna vers Madame Grenier, qui était demeurée derrière la porte moustiquaire.

— Alors, c'est entendu ? demanda-t-elle. Nous vous attendons ce soir vers dix-huit heures.

— Ce sera avec plaisir. Cet après-midi, nous devons nous rendre au village pour y faire quelques courses, mais nous serons là à l'heure convenue. Et ne faites pas de dessert. Je m'en charge.

— Agggghhhhh… Pas le village! gémit Félix.

— Je crois qu'on t'attend, murmura Émilie, l'air espiègle. À ce soir.

Des courses… Il y avait vraiment de quoi fondre en larmes.

2

LÉGENDES

Les emplettes se déroulèrent exactement comme d'habitude: une interminable torture! Madame Grenier se souvenait sans cesse d'une autre chose *absolument indispensable* lorsque tout le monde pensait en avoir fini. Chaque fois, Monsieur Grenier s'impatientait un peu plus. Abelle, elle, se mettait à geindre dès qu'elle apercevait quelque chose qu'elle désirait, c'est-à-dire toutes les trois minutes environ.

Ce manège infernal dura plusieurs heures. Vers dix-sept heures, toute la famille était finalement de retour au chalet. On passa une bonne demi-heure à ranger les emplettes, puis chacun se prépara à aller manger chez les Saint-Jacques. Parmi ses innombrables achats, Madame Grenier s'était procuré un énorme gâteau au fromage et au chocolat qui faisait saliver juste à exister. À la file indienne, le gâteau ouvrant fièrement la voie, ils traversèrent le boisé et se rendirent au chalet d'à côté.

Un peu partout dans le chalet des Lacasse, des tableaux à demi achevés traînaient sur des chevalets. D'autres, terminés, étaient appuyés contre les murs. Sylvie Saint-Jacques avait vraiment beaucoup de talent. Elle peignait des scènes réalistes, mais les couleurs vives qu'elle utilisait leur donnaient une allure complètement hors de l'ordinaire. Les parents de Félix les admirèrent soigneusement. Monsieur Grenier acheta sur-le-champ une vue du lac que l'artiste venait à peine de terminer. La mère de Félix décréta que l'œuvre irait dans le salon, à la maison. Comme ça, elle aurait l'impression d'être toujours un peu en vacances, affirma-t-elle.

Le repas fut très agréable. Madame Saint-Jacques avait un sens de l'humour qui aurait fait pouffer une assemblée de moines en méditation. La conversation voguait aisément d'un sujet à l'autre.

— Alors, demanda la mère d'Émilie. Dites-moi ce que doit savoir tout bon villégiateur au sujet de ce magnifique lac.

— Sincèrement, c'est un petit paradis, dit Madame Grenier. Après une année scolaire à essayer de faire comprendre les mathématiques à mes élèves, j'ai vraiment hâte de m'y retrouver. Pas de terrains de camping, ni de centres commerciaux. Rien à des kilomètres à la ronde. Le calme total. Bien sûr, l'éloignement est parfois un peu agaçant. Il faut rouler trente minutes pour aller chercher un litre de lait au village. Mais les villageois sont bien sympathiques.

— En tout cas, pour être tranquille, c'est tranquille, rétorqua Madame Saint-Jacques. Émilie et moi sommes arrivées la semaine dernière et, les deux ou trois premières nuits, en bonnes filles de la ville, nous avons à peine fermé l'œil. Trop de silence ! Et il fait tellement noir, en plus ; surtout quand on est habituées à ce que le lampadaire du coin de la rue éclaire la chambre. Mais maintenant, nous dormons comme des bébés.

— C'est parce que vous n'avez pas encore vu le fantôme de Marie Grandville danser les nuits de pleine lune, interjeta Monsieur Grenier, l'œil espiègle.

Madame Grenier soupira en levant les yeux au ciel.

— Bon ! Le professeur d'histoire sort ses légendes... Ne faites pas attention. Marc est incapable de résister aux vieilles histoires.

Madame Saint-Jacques posa sur Monsieur Grenier un regard intéressé. Encouragé, il reprit.

— J'aime parler avec les vieillards du village lorsque j'en ai la chance. Je prends un petit verre avec eux et j'écoute leurs histoires d'antan. Comme ça n'intéresse plus grand monde, ils se font un plaisir de me les raconter pendant des heures. Depuis plusieurs étés, je profite aussi des vacances pour fouiller dans les archives locales. Je crois que j'aurai bientôt un livre très intéressant à publier.

— J'adore les légendes, s'écria Émilie. C'était qui, cette Marie ?

Monsieur Grenier se lança avec enthousiasme dans un de ses récits folkloriques.

— Ça se passait au début des années 1700, commença-t-il. Une jeune Française et sa mère s'étaient établies dans les environs, près du lac. On ignore où, exactement, mais c'est d'elles que la colline Grandville tient son nom. Elles avaient construit elles-mêmes une cabane en bois rond et une grange. Elles cultivaient leur propre blé et un potager. Leurs quelques vaches leur donnaient le lait et le beurre dont elles avaient besoin. À l'époque, deux femmes seules qui faisaient le travail habituellement dévolu aux hommes, c'était mal vu et les gens du village se méfiaient d'elles. Des rumeurs se sont mises à circuler à leur sujet. On racontait qu'elles avaient fait un pacte avec le Diable et que, le soir, elles se livraient à toutes sortes de rituels étranges dans la forêt. Comme Marie Grandville avait, malgré son jeune âge, une mèche parfaitement blanche dans ses cheveux noirs, on croyait qu'il s'agissait de la marque du Diable.

Le menton dans le creux des mains, les coudes appuyés sur la table, Émilie écoutait l'histoire avec un ravissement évident.

— Plusieurs disaient avoir vu la mère et la fille danser en compagnie d'esprits mauvais qui virevoltaient autour d'elles. En juillet 1705, lorsqu'une épidémie a frappé les troupeaux de la région, les gens du village ont immédiatement accusé les femmes Grandville d'avoir jeté un sort aux animaux. Un groupe d'habitants en colère s'est rendu à leur cabane pour se saisir d'elles et leur faire un mauvais parti. Lorsqu'ils sont arrivés, la forêt était éclairée par une étrange lumière et la mère Grandville était morte. Terrorisés, ils se sont enfuis, mais nombre d'entre eux, plusieurs années après, affirmaient encore qu'ils avaient vu Marie Grandville parmi les arbres en compagnie d'un démon. De plus, on n'a jamais revu Marie...

— Quelle triste histoire, murmura Madame Saint-Jacques. Ces femmes ont-elles vraiment existé, d'après vous ?

— Absolument. Ce qu'il y a d'étrange, c'est qu'après 1705, on ne trouve plus la moindre trace d'elles dans les archives. J'imagine qu'elles ont fini par en avoir assez d'être soupçonnées de tout et qu'elles sont parties ailleurs.

— Vous en connaissez d'autres, des légendes ? demanda Émilie.

— Il y a plusieurs histoires de feux follets qui terrorisaient les gens autour du lac Rond.

— C'est quoi, des feux follets ?

Monsieur Grenier flottait littéralement : enfin quelqu'un s'intéressait à ses histoires !

— Ce sont de petits êtres un peu espiègles qui apparaissent la nuit sous la forme de petites lumières ou de langues de feu qui sortent du sol. L'ancien maître de poste du village, Monsieur Bouchard, a plus de quatre-vingt-dix ans aujourd'hui. Il dit que depuis toujours, l'été, la forêt « s'embleute » de feux follets. Il m'a raconté plein d'histoires de disparitions mystérieuses. Il y a celle d'un bûcheron des années 1800 qui s'était perdu en chemin vers son camp un soir où la forêt était illuminée. On ne l'a jamais retrouvé. Il m'a aussi parlé d'un fermier qui allait faire le train à l'étable vers quatre heures et demie du matin et qui avait aperçu des lumières bleues dans la forêt. On aurait retrouvé ses vaches complètement affolées, mais aucune trace du fermier. Monsieur Bouchard prétend avoir lui-même vu à plusieurs reprises la forêt « s'embleuter ».

— Et vous le croyez ? s'enquit Émilie.

— Oh, tu sais, les légendes, il faut en prendre et en laisser... J'ai bien trouvé quelques cas de disparition dans les vieux numéros du journal local, mais rien qui sorte vraiment de l'ordinaire. Juste des gens qui s'égarent bêtement en forêt. Monsieur Bouchard y croit dur comme fer, lui. Mais il n'y a rien qu'il n'aime mieux que d'attirer l'attention en racontant une bonne histoire. Les villageois disent qu'il n'a plus toute sa tête. Pauvre vieux... Ça le rend furieux.

La conversation se poursuivit jusqu'aux petites heures du matin. Vers deux heures, tout le monde convint qu'il était plus que temps d'aller au lit.

— On se voit demain ? demanda Émilie en bâillant.

— Ouais. Bien sûr, répondit Félix.

Tout à coup, il eut la nette impression de s'ennuyer un peu moins.

Monsieur Grenier ramena Abelle dans ses bras, profondément endormie. Félix, lui, avait sa mauvaise nuit de la veille dans le corps. Il était absolument crevé. Il se brossa vite les dents, se dévêtit, enfila un short et un t-shirt et se laissa choir lourdement sur son lit. Il se glissa dans le gros sac de couchage tout neuf qu'on lui avait acheté juste avant le départ, son ancien étant devenu trop court pour ses jambes qui poussaient à vue d'œil. Il en remonta la fermeture éclair, se vautra le nez dans le rebord du sac et fut parfaitement au chaud.

Pendant quelques minutes, il repensa à sa soirée. Plutôt sympa, il fallait bien l'admettre. Fatigué et à l'aise, il s'endormit en songeant à Émilie — mais pas trop, quand même. Juste un petit peu.

Félix se tenait à l'orée de la forêt. Il faisait nuit. La lumière de la lune éclairait faiblement les alentours. Derrière lui, il sentait une présence familière. Il se retourna. Immobile et pâle, les yeux écarquillés et vitreux, l'air absent,

Émilie regardait fixement quelque chose au loin. De ses lèvres entrouvertes coulait un filet de salive qui tombait goutte à goutte de la pointe de son menton sans qu'elle ait la moindre réaction.

Félix suivit le regard d'Émilie et observa de nouveau la forêt. Ils se trouvaient dans une petite clairière où poussaient des herbes folles. La butte sur laquelle était construit le chalet était là, mais pas le chalet. C'était bien avant le chalet... Mais le lac était là et la colline Grandville aussi. Sauf qu'au lieu d'être chauve, elle était couverte d'arbres.

De petites sphères lumineuses et translucides émergèrent subitement de la forêt et se mirent à virevolter à toute allure dans tous les sens sans faire le moindre bruit. L'une d'elles se détacha des autres et passa juste au-dessus de Félix. Derrière lui, il entendit un petit gémissement inarticulé. Il tourna la tête. Émilie n'avait pas bougé. La sphère avait enveloppé le sommet de sa tête et sur son visage, d'où émanait une aura bleutée, se mêlaient une terreur pure et la plus parfaite incompréhension. La bouche ouverte en un cri silencieux, elle saisit deux grosses poignées de cheveux sur lesquelles elle tira de toutes ses forces. De ses yeux coulèrent deux minces filets de sang.

D'autres sphères se mirent à tourner autour d'eux. Félix prit peur. Il devait s'enfuir, mais ses jambes étaient si lourdes. Une sphère se fixa à son visage. L'étrange substance était spongieuse et tiède. Elle sembla se liquéfier et enveloppa sa tête. La lumière s'infiltra dans son corps, sa tête, son âme…

Au loin, une petite silhouette se découpait à contre-jour dans la lumière de la lune, immobile, les bras pendants. Dans ses yeux se reflétaient les sphères. Elle observait.

Félix se réveilla en sursaut. Assis dans son lit, son sac de couchage entortillé autour des jambes, il était couvert de sueur. Son cœur battait à se rompre. Haletant, confus, il regarda autour de lui, incertain de l'endroit où il se trouvait. Après quelques instants, il reprit ses esprits. À part les petits ronflements d'Abelle, aucun bruit ne troublait le silence du chalet. Il n'avait réveillé personne. C'était bon signe — au moins, il n'avait pas crié. Son regard se tourna vers la fenêtre. Se découpant contre la lumière de la lune, une grosse tête grise remplissait le carreau inférieur gauche. Ses grands yeux noirs opaques l'observaient froidement. Sa petite bouche fine, sans lèvres, semblait pincée de désapprobation. Ses petites narines ovales, sans nez, s'ouvraient et se refermaient.

Terrifié, Félix bondit sur ses pieds et se précipita vers le coin le plus éloigné de sa chambre. Le dos appuyé au mur, il regarda de nouveau vers la fenêtre. Rien. La lune éclairait paisiblement l'intérieur de sa chambre et tout était tranquille. Encore secoué, il resta immobile, guettant anxieusement le retour de la créature. Après quelques minutes, il dut se faire une raison : son rêve lui était resté en tête. Il prit quelques grandes inspirations tremblantes et se rendit à la cuisine boire un verre de lait. Épuisé, il se remit au lit, mais ne parvint à rien de mieux qu'un de ces sommeils agités qui vous laissent complètement fourbu le lendemain matin. Aux premières lueurs de l'aube, il était de nouveau debout.

3

PARADIS PERDU

Vers neuf heures, Émilie et Félix se retrouvèrent au bord du lac. Émilie avait encore les yeux tout bouffis par le sommeil. Assis côte à côte dans le sable, ils parlaient en regardant les eaux calmes du matin.

— Il est vraiment sympa, ton père, dit Émilie.

— Tu trouves ? Il passe son temps à radoter des vieilleries qui n'intéressent que lui.

— Ben quoi ? Elles sont super, ses vieilles histoires de sorcières et de feux follets.

— C'est parce que ce n'est pas la millième fois que tu les entends.

Félix lança un petit caillou dans l'eau en faisant la moue.

— Dis donc, tu n'as pas l'air dans ton assiette, toi, ce matin, remarqua Émilie. Il y a quelque chose qui ne va pas ?

— J'ai juste fait un cauchemar épouvantable, répondit Félix en haussant les épaules. J'ai mal dormi tout le reste de la nuit et je me sens comme si j'étais passé sous les roues d'un camion. Et en plus, j'ai un mal de tête.

— Nous avons beaucoup mangé, hier. Le gâteau que ta mère a apporté était génial, mais un peu lourd, quand même. Il t'est sans doute resté sur l'estomac.

— C'est pas ça.

— C'est quoi, alors ? Allez, raconte, dit Émilie qui lui enfonça amicalement un coude dans les côtes en faisant un petit sourire irrésistible.

Las, Félix soupira. Après un moment d'hésitation, il lui relata son rêve.

— Et j'avais vraiment du sang qui me coulait des yeux ? s'écria Émilie en grimaçant. Beurk ! Il est dégueulasse, ton rêve ! Tu fais toujours des rêves comme celui-là ou c'est moi qui t'inspire ? le taquina-t-elle.

Pour toute réponse, Félix laissa échapper un petit rire amer en lançant un nouveau caillou.

— Ne t'en fais pas, reprit Émilie. Ce sont sans doute les histoires de sorcières et de feux follets de ton père qui te sont restées dans la tête.

Pas du tout convaincu, Félix haussa les sourcils.

— J'avais déjà fait un rêve semblable la veille, avant que mon père raconte ses histoires. Il y a toujours la lumière bleue et cette impression de quelque chose de… de… mauvais, hésita-t-il.

— Alors, l'histoire de ton père aura simplement ravivé le rêve de la veille. Mon Dieu ! Tu t'énerves toujours comme ça ?

Spontanément, Émilie retira son t-shirt, son short en jeans et ses espadrilles.

— Allez, grand niochon. Il est presque dix heures. Cesse de te casser la tête avec des bêtises et viens te baigner. Ça fera passer ton mal de tête.

En maillot de bain une pièce, elle courut vers le lac et sauta dans l'eau. Félix se sentit soudain renaître. Il hésita un instant, puis se leva et, en short, se lança à sa poursuite. Abelle vint bientôt les rejoindre et ils pataugèrent ainsi tous les trois tout le reste de l'avant-midi. Le mal de tête et le cauchemar se dissipèrent en même temps.

Ils sortirent de l'eau lorsque la mère de Félix cria que le dîner était servi. Pour souligner le début des vacances, elle avait préparé une montagne de hot-dogs accompagnés de croustilles et de limonade. Elle invita Émilie à se joindre à eux. Émilie courut avertir sa mère et revint s'asseoir à la grande table à pique-nique qui se trouvait devant le chalet. En moins de deux, elle enfila trois hot-dogs et deux grands verres de limonade.

Au cours du repas, la conversation alla bon train, chacun discutant avec bonne humeur de tout et de rien. Malgré sa meilleure volonté, Félix, lui, avait de nouveau sommeil et bâilla d'ennui à plus d'une reprise.

— Dis donc, toi, demanda sa mère en souriant. Tu m'as l'air bien fatigué. Tu n'as pas encore passé la moitié de la nuit à lire, au moins ?

— Non. J'ai seulement fait un cauchemar. J'ai eu de la difficulté à me rendormir.

Abelle allait prendre une bouchée de hot-dog. Elle s'arrêta net, heureuse de pouvoir participer à la discussion.

— Moi aussi, j'ai fait un cauchemar. J'ai rêvé qu'un gros hibou avec des yeux noirs énormes était perché sur le rebord de ma fenêtre et m'observait.

Interloqué, Félix ne dit rien.

— Pfff, soupira Émilie à la fin du repas. J'ai trop mangé, moi.

— Il y a de quoi, dit Félix, amusé. Tu as mangé deux fois plus que moi.

— Je suis en pleine croissance.

— Ben quoi ? Moi aussi, et je ne mange pas comme un ours. Et puis, tu es à peine plus grosse que mon petit doigt.

— Ta mère ne t'a jamais appris qu'il fallait être délicat avec les dames ? rétorqua-t-elle en souriant. Dis donc, ça te dirait de faire une promenade en forêt ? Tu me l'as promis.

— D'accord. Mais je refuse de pousser pour te faire rouler. Tu vas devoir marcher toute seule.

Émilie lui appliqua une grande claque sur l'épaule. Ensemble, ils se dirigèrent vers la forêt.

Félix adorait cette forêt. À l'ombre des grands sapins, des pins, des épinettes et des érables parmi lesquels quelques bouleaux s'étaient fait une petite place, tout était à la fois calme et grouillant de vie. Il suffisait d'ouvrir l'œil, de tendre l'oreille, de s'arrêter un instant et toutes sortes de choses extraordinaires se révélaient. Les oiseaux y étaient particulièrement nombreux et variés.

Souvent, Félix avait apporté avec lui son guide d'ornithologie et en avait identifié des dizaines d'espèces. L'été précédent, il avait même aperçu une buse à épaulettes et quelques dindons sauvages, des oiseaux qui se faisaient de plus en plus rares. Pour les plantes, c'était pareil. Un vrai petit jardin botanique. On y trouvait une multitude de petits étangs où remuaient des grenouilles, des crapauds et des insectes en quantité. À la tombée du jour, le chant des criquets était féerique.

Il éprouvait une certaine nostalgie à arpenter les sentiers qu'il avait si souvent suivis avec Christine. Tout dans cette forêt lui rappelait sa copine des étés passés. Il revoyait les longues promenades qu'ils étiraient d'un accord silencieux en faisant de grands détours sur le chemin du retour. Il pouvait encore entendre sa voix lorsqu'elle s'émerveillait en découvrant une nouvelle fleur sauvage.

Mais il y avait Émilie maintenant, la nouvelle voisine espiègle qui, en deux petites journées, s'était fait une place dans sa vie avec sa spontanéité et son effronterie. À l'ombre des grands arbres, qui les protégeaient du soleil d'après-midi, il se sentait déchiré entre le plaisir qu'il éprouvait en la compagnie d'Émilie et la nostalgie de Christine.

— À quoi tu penses ? demanda Émilie.

— Hmmm ? fit Félix, sortant de sa rêverie. Moi ? À rien.

— Vraiment ? Et c'est pour ça que tu n'entends pas ce que je te dis ?

— Désolé. J'avais la tête ailleurs. Qu'est-ce que tu disais ?

— Que cette forêt était magnifique.

— Ouais, dit-il en hochant pensivement la tête. J'y viens depuis que nous passons nos étés ici. Je la connais comme le fond de ma poche. Certains de ces arbres ont grandi en même temps que moi.

Émilie hésita un moment.

— Tu n'y venais pas tout seul, n'est-ce pas ? demanda-t-elle.

— Pas toujours. Habituellement, Christine était avec moi.

Voilà. Le morceau était craché.

— Christine, c'est la fille qui habitait mon chalet avant ?

— Ouais.

— Tu l'aimais bien, n'est-ce pas ?

— Euh... Ouais.

— Et elle te manque ?

Félix se contenta de regarder au sol et ne répondit rien.

— Je comprends. Moi, c'est pareil. Depuis toujours, je fais les quatre cents coups dans les ruelles du quartier avec mon ami Sébastien. Et cette année, ma mère a décidé que nous passions l'été à la campagne. Alors...

Émilie se tut. Pendant un instant, son regard se perdit droit devant elle.

— Heureusement que tu es là, reprit-elle sur un ton plus enjoué. Sinon, je te jure que l'été aurait été ennuyant.

Leurs regards se croisèrent et un large sourire éclaira leurs visages.

— Alors, qu'est-ce qu'il y a d'extraordinaire dans ta forêt ? demanda Émilie. Je veux tout voir !

— Suis-moi, répondit Félix.

Ils marchèrent une quinzaine de minutes, Félix s'orientant grâce aux arbres et aux bosquets qui semblaient tous pareils à Émilie. Soudain, il bifurqua sur la gauche et se mit courir en direction d'un groupe de vieux sapins aux troncs immenses.

— Ho ! Hé ! Pas besoin d'aller si vite ! cria-t-elle. Je suis une fille de la ville, moi ! C'est pas mon truc de courir dans la nature.

J'ai seulement demandé à voir, pas à y mourir !

— Ça t'apprendra à te bourrer de hot-dogs, lança-t-il en ralentissant, le sourire fendu jusqu'aux oreilles.

Ils s'arrêtèrent devant un buisson touffu où s'entremêlaient les branches de feuillus et de conifères. Le clapotis de l'eau se mêlait au chant des oiseaux et au bruissement des feuilles dans la brise qui agitait la cime des arbres.

Félix prit Émilie par la main et la guida vers la droite, où un vieux sapin étendait ses branches pour former un vaste parasol sous lequel régnait une bienfaisante fraîcheur. Entre le mur de branches et le tronc, un mince espace laissait entrevoir la lumière du soleil. Félix s'y glissa.

— Alors ? Tu viens ? appela-t-il de l'autre côté.

Émilie le suivit. Ce qu'elle vit en arrivant dépassait tout ce qu'elle avait imaginé. Le soleil se reflétait sur un petit étang entouré de buissons et de grands arbres matures qui l'isolaient complètement du reste de la forêt. Autour des nénuphars qui couvraient la surface, de petites grenouilles léopards perçaient l'eau de leur tête. On aurait dit que le temps s'était arrêté à cet endroit depuis les débuts de la création. Même les bruits de la forêt semblaient y être différents. Le chant des oiseaux y était plus clair, plus pur ; le bourdonnement des insectes plus strident, presque musical. Et partout, cette magnifique lumière qui filtrait à travers les branches, laissant à la surface de l'étang d'innombrables petits diamants qui scintillaient gaiement.

— Mon Dieu, dit Émilie, sidérée. On se croirait au paradis.

— C'est mon petit paradis à moi, répondit fièrement Félix. J'y viens souvent lorsque j'ai envie de réfléchir ou de me détendre.

Il guida Émilie vers le bord de l'étang, où ils s'assirent dans l'herbe épaisse. Dans le petit paradis, le temps cessa d'exister.

Les deux jeunes discutèrent avec insouciance pendant des heures en mâchonnant des brindilles. Les études, les amis, le père d'Émilie qui avait fichu le camp sans prévenir… Sans trop savoir pourquoi, Émilie regarda distraitement sa montre.

— Vingt heures dix ! s'écria-t-elle. Ma mère va avoir une embolie !

— Ne t'en fais pas, nous ne sommes qu'à une vingtaine de minutes du chalet. Nous y serons bien avant que la nuit tombe. Viens. Je te ramène, pauvre petite citadine démunie.

Ils se levèrent et, à regret, quittèrent leur petit éden secret. Ils marchaient depuis deux ou trois minutes lorsque Émilie s'arrêta net.

— Tu as vu ça ? demanda-t-elle d'une voix tendue.

— Vu quoi ?

— Quelque chose traversait le sentier, là-bas, dit-elle en pointant du doigt devant eux. Je n'ai pas pu voir ce que c'était tellement ça se déplaçait vite.

— Une bête, sans doute. À la tombée du jour, la forêt s'anime.

Félix prit les devants et Émilie le suivit. Il avait à peine fait quelques pas qu'un petit cri aigu retentit derrière lui. Il se retourna.

— Qu'est-ce qu'il y a encore ? demanda-t-il avec une impatience à peine contenue.

— Quelque chose m'a frôlé les cheveux.

— Bon. Et après ? C'était sans doute une chauve-souris. Elles sortent lorsque le soleil se couche.

— Une chauve-souris ? Beurk ! gémit Émilie en se passant énergiquement les mains dans les cheveux.

Ils allaient reprendre la marche lorsque de petites lumières bleues jaillirent tout à coup des bois et se mirent à tournoyer autour d'eux à une vitesse vertigineuse. Affolés, Félix et Émilie agitaient désespérément les bras pour se protéger.

— Qu'est-ce qui se passe ? cria Émilie, terrifiée.

— Aucune idée. Fichons le camp d'ici, rétorqua Félix.

Il lui prit la main et l'entraîna tête baissée dans le sentier qu'ils avaient suivi quelques heures plus tôt. Au passage, des branches leur fouettaient le visage, les jambes, les bras. Émilie se retourna en courant. Les petites sphères ne les avaient pas suivis.

Haletants, Émilie et Félix surgirent de la forêt. Aux alentours, tout était parfaitement normal. Le son des grenouilles et des criquets, la lune qui se levait et qui commençait à diffuser une lumière rassurante... À quelques mètres devant eux, les fenêtres du chalet des Grenier brillaient de tous leurs feux. Ils échangèrent un regard anxieux et entrèrent.

Dans la cuisine des Grenier, leurs parents les attendaient, fous d'inquiétude.

— Mais où étiez-vous donc ? demandèrent pêle-mêle Madame Grenier et Madame Saint-Jacques. Vous avez vu l'heure ?

Monsieur Grenier, lui, ne disait rien. Les cheveux gris en broussaille, les lunettes sur le bout du nez, le regard sombre, il était furieux.

— Euh... Je voulais montrer mon étang à Émilie, bafouilla Félix. Nous parlions et nous n'avons pas vu le temps passer. Et puis, lorsque nous avons voulu revenir, il s'est passé quelque chose de bizarre. Il y avait des choses... des petites lumières bleues qui nous couraient après.

— En fait, interjeta Émilie, elles ne nous couraient pas vraiment après. Elles nous tournaient autour. Lorsque nous nous sommes sauvés, elles ne nous ont pas suivis. Mais j'ai eu la peur de ma vie.

Visiblement soulagé, Monsieur Grenier éclata de rire.

— Vous avez vu des lucioles.

— Des quoi ? demandèrent Émilie et Félix en chœur.

— Des lucioles. Des mouches à feu, comme les appellent les vieux. Ce sont de petits coléoptères qui brillent dans le noir pour attirer un partenaire de reproduction. Même que chaque espèce a son propre clignotement. Habituellement, elles s'accouplent au printemps, mais j'imagine que certaines espèces le font en juillet. Il y en avait beaucoup ?

Félix et Émilie se consultèrent du regard, un peu embarrassés d'avoir eu si peur de quelques insectes.

— Une dizaine, peut-être un peu plus, répondit Émilie.

— Attendez, dit Monsieur Grenier. Je crois que j'ai vu le bouquin sur les insectes quelque part.

Il le trouva sur le rebord de la fenêtre de la cuisine. Pendant les minutes qui suivirent, tout le monde s'intéressa de près aux petits coléoptères lumineux et les parents oublièrent leur colère. Le reste de la soirée fut consacré à une partie de scrabble durant laquelle Madame Saint-Jacques s'évertua à inventer des mots invraisemblables pour rire. Finalement, vers vingt-trois heures, les Saint-Jacques partirent et tout le monde s'en alla se coucher.

La forêt était plongée dans la noirceur la plus complète. Même la lune, cachée derrière d'épais nuages, refusait de l'éclairer. Félix était laissé à lui-même, sans aide, sans témoins. Il avançait droit devant lui. Quelque chose l'appelait. Il voulait résister, mais n'y parvenait pas. Les branches lui lacéraient les mains et le visage, déchiraient ses vêtements. Il arriva bientôt devant une caverne, d'où sortait une brillante lumière bleue. Si belle et si terrible à la fois. Il désirait tellement aller s'y fondre. Mais, en même temps, il en avait si peur. Dans les bois, deux grands yeux noirs l'observaient froidement.

Félix se réveilla en sueur. Pendant un instant, son rêve flotta juste à la surface de sa mémoire. Puis, il n'arriva pas à s'en souvenir. Il passa le reste de la nuit à se réveiller avec l'impression d'être observé.

4

MONSIEUR BOUCHARD

Les deux jours qui suivirent s'écoulèrent dans le calme. De vraies journées de vacances que Félix et Émilie passèrent ensemble. Ils se retrouvaient après le petit déjeuner et ne se quittaient qu'à la nuit, lorsque les parents leur rappelaient qu'il fallait bien finir par se coucher.

Trois jours après leur gênante « aventure » en forêt, Monsieur Grenier avait rendez-vous à la Société d'histoire de Saint-Jean-des-Bois-Francs. Comme chaque été, il désirait profiter des vacances pour avancer ses recherches sur l'histoire du village.

— Tu veux venir avec moi ? demanda Monsieur Grenier à son fils. Nous pourrions emmener Émilie. Je crois qu'elle n'a pas encore mis les pieds au village.

— Bien sûr, dit Félix en souriant. Je vais la chercher.

Il claqua bruyamment la porte et disparut dans le petit boisé qui séparait les chalets. Une demi-heure plus tard, ils étaient au village. Monsieur Grenier gara la voiture devant une vieille maison à deux étages en granite gris. Sur la porte, une petite enseigne annonçait la Société d'histoire de Saint-Jean-des-Bois-Francs. Non loin de là, sur un banc près du trottoir, un vieillard fumait tranquillement la pipe.

— Tiens ! Monsieur Bouchard, s'exclama Monsieur Grenier en se dirigeant vers lui. Alors, la vie vous traite comme vous voulez ?

— Pas pire, pas pire, répondit le vieil homme. Juste mes rhumatismes qui m'achalent un peu. Coudon, vous venez pas encore me demander de vous raconter des vieilles affaires, vous là, hein ? demanda-t-il avec un sourire espiègle.

— Peut-être plus tard. Pour l'instant, je m'en vais fouiller dans les documents de la Société d'histoire.

Monsieur Grenier posa affectueusement la main sur l'épaule de Félix.

— Vous vous souvenez de mon fils, Félix ? Et voici son amie Émilie. Émilie, je te présente Monsieur Bouchard.

Timide, Émilie tendit la main au vieillard, qui la saisit avec une vigueur étonnante.

— Alors, on s'est bien compris, les enfants ? demanda Monsieur Grenier avant de partir. On se retrouve à midi pile *Chez Paulo* pour une poutine graisseuse. C'est ma tournée. J'en ai pour environ deux heures.

— Pas de problème, dit Félix. Nous serons là.

— En attendant, ne faites pas de bêtises. Et essayez de ne pas vous perdre, d'accord ? ajouta-t-il en souriant.

— Papa ! soupira Félix. Le village n'est pas plus grand qu'une patinoire.

— Ben quoi... On ne sait jamais. Vous pourriez rencontrer d'autres lucioles.

Monsieur Grenier se dirigea vers la Société d'histoire en riant de bon cœur et entra. Émilie se retourna vers Monsieur Bouchard, qui les observait d'un regard pénétrant.

— Vous êtes le monsieur Bouchard qui a raconté toutes ces histoires anciennes à monsieur Grenier ?

— Ouais. Ça serait moi, ça.

— Je les ai aimées, vos histoires. Elles sont vraiment intéressantes. Est-ce qu'elles sont vraies ?

— Bof... Y en a qui le sont, pis d'autres qui le sont pas, répliqua le vieillard d'un air énigmatique.

— C'est vrai qu'il y a des lumières bleues dans la forêt ? demanda spontanément Émilie.

Félix la regarda, étonné. Elle n'allait tout de même pas raconter l'histoire des lucioles !

— Oui, ma p'tite fille ! s'exclama le vieil homme. Mais j'en parle plus ; tout le monde dit que je suis un vieux fou. Comme si on perdait la tête jusque parce qu'on approche les cent ans.

Monsieur Bouchard promena sur eux un regard profond.

— Comme ça, vous avez vu des lucioles, reprit-il avec l'air de quelqu'un qui en sait plus qu'il ne veut le dire.

Il les regardait intensément. Dans ses yeux brillaient une intelligence et une lucidité que l'âge ne semblait nullement avoir émoussées.

— Euh... oui, hésita Émilie. Enfin, quelques-unes...

— Bon... fit Monsieur Bouchard en fermant un œil à moitié, sceptique. C'est juste qu'on est en juillet, voyez-vous ? Par ici, les gens voient souvent des choses en forêt en juillet et en août. Des fois, ils se perdent aussi, pis on les revoit plus.

Émilie et Félix se regardèrent, déconcertés.

— Comme des lumières bleues qui tournent dans tous les sens ? reprit Émilie.

— Ouais. Dans ce genre-là, dit Monsieur Bouchard avec une nonchalance feinte.

Le vieil homme se fit silencieux. Comme dans une insolite partie d'échecs, il semblait attendre que les jeunes fassent le prochain mouvement.

— Et vous? Vous en avez vu, des lumières? finit par demander Félix.

— Ouais.

Les jeunes s'approchèrent. Monsieur Bouchard se déplaça au milieu du banc pour leur faire une place et ils s'installèrent de chaque côté. Il demeura silencieux, un sourire narquois sur les lèvres. Il attendit longuement, les mains toujours appuyées sur sa canne. Il semblait avoir tout son temps.

— Je les ai vues deux fois, vos lumières. C'était en 1955 et en 1985. Surtout en 1955...

Le vieil homme hésita. Ses yeux se remplirent d'eau et son regard devint vague. Il renifla bruyamment.

— Elles m'ont pris mon fils. En 1955. Il avait quatorze ans... Rien qu'un bébé. Il en aurait soixante-quatre aujourd'hui. Pauvre petit.

— Qu'est-ce qui s'est passé?

— Si je le savais, soupira-t-il. Il est parti un matin de juillet en me disant qu'il allait rejoindre ses amis. Ils avaient entrepris de se construire une cabane dans un arbre. Ils avançaient pas vite. Une planche par-ci, une vieille fenêtre par-là. C'était pas toujours ben beau, mais c'était leur camp à eux et ils en étaient fiers. Ils passaient toutes leurs journées là. Luc revenait pour le souper, fatigué, mais tellement content. Dans ce temps-là, ça prenait pas grand-chose aux enfants pour être heureux. Juste quelques vieilles planches, des clous pis un marteau, pis on les voyait pas de la journée. Mais ce soir-là, mon Luc est pas revenu. Quand la noirceur a commencé à tomber, sa mère pis moi on s'est inquiétés pis je me suis mis à le chercher. Je me suis rendu à la cabane, mais elle était vide. Je me suis mis à crier son nom à tue-tête. Y avait pas un seul bruit dans la forêt. On aurait dit que même les oiseaux et les insectes s'étaient sauvés. Ça m'a fait tout drôle en dedans. Comme si la forêt était morte. Mais j'ai continué à chercher. J'ai marché dans tous les sens. Je criais comme un perdu. Pis là, tout à coup, j'ai aperçu de drôles d'affaires entre les arbres. On aurait dit des petites lumières bleues qui flottaient dans les airs. Je me suis approché en pensant que c'était mon fils pis ses amis qui jouaient avec une lampe de poche ou quelque chose de même… Ma foi du bon Dieu, je sais pas ce que j'ai vu là, au milieu de ces lumières qui tournaient tout partout, mais je veux plus jamais revoir ça de toute ma vie… Pendant longtemps, je me suis souvenu d'une chouette. Pis, avec les années, la mémoire m'est revenue. Ben sûr, tout le monde dit que j'ai inventé ça pis que je suis un vieux fou, mais je le sais, moi, ce que j'ai vu.

— C'était quoi ? demanda Émilie en s'avançant sur le bout du banc.

— Ça avait l'air humain pis, en même temps, ça en avait pas l'air. Ça se tenait derrière un gros tronc d'arbre et les broussailles lui allaient à la taille. Je l'ai vu rien qu'une seconde, pis ça a détalé plus vite qu'un lièvre. Mais c'était pas mon Luc, ça c'est sûr. Ça avait le regard trop mauvais pour ça.

— C'était quoi, alors ? insista Félix, de plus en plus angoissé.

— Ben ça, mon p'tit garçon, je le sais pas. C'était pas grand comme toi et pas plus costaud. C'était comme gris avec une grosse tête pis des gros yeux sombres en amande. On aurait dit une mouche sur deux pattes. Une grosse maudite mouche laide pis mauvaise.

— Vous l'avez suivie ? poursuivit Émilie.

— J'aurais bien voulu. Peut-être que j'aurais retrouvé mon Luc. Mais les lumières se sont mises à me tourner autour. Zoum !

Zoum ! Ça me passait d'un bord pis de l'autre, comme des maringouins. Pis là, y en a une qui s'est comme alignée pour se poser sur ma tête. J'ai pris panique, pis je me suis mis à courir. J'ai pas arrêté avant d'avoir barré la porte de la maison derrière moi.

Tout le monde demeura silencieux. Monsieur Bouchard regardait toujours droit devant lui et semblait plonger dans un lointain passé. Son visage était crispé par la terreur et la peine qu'il revivait. Ni Émilie ni Félix n'osaient parler.

— Je ne sais pas ce que c'était, mais y a une chose que je sais, par exemple : cette affaire-là a pris mon petit Luc.

— Avez-vous tenté d'avoir de l'aide ?

— Ben sûr que oui. J'ai téléphoné à la police, j'ai appelé mes voisins. Ils sont même allés faire une battue sans jamais rien trouver. Pas une seule trace.

Le vieil homme s'interrompit et inspira profondément, le regard perdu dans l'infini.

— Je le sais, moi, ce que j'ai vu. Ma foi du bon Dieu, je vas l'emporter dans la tombe. Pis y en a d'autres qui l'ont vu. Pis y en a ben d'autres qui ont disparu à part mon petit.

— Vous en êtes sûr ? demanda Félix qui, sans comprendre pourquoi, sentait l'angoisse lui monter à la gorge.

— Ben tiens! explosa Monsieur Bouchard. Il y en a tout le temps, des bonyennes de disparitions. Les bonnes femmes de la Société d'histoire auraient beau faire la liste si elles voulaient. Elles auraient rien qu'à lire le journal du village. Elles en prennent soin comme de leur vaisselle de noces, de leur damné journal, mais elles le lisent pas. Ben moi, je l'ai lu! Depuis 1825 qu'il en parle. Je les ai vus, les noms des gens qui ont disparu. 1825, 1835, 1845, 1855, 1865... jusqu'en 1995! Depuis que le village existe, il y a des gens qui se volatilisent chaque fois que l'année finit par 5! Pis c'est toujours en juillet ou en août. Après, ça arrête pour dix ans.

Émilie se pencha vers Monsieur Bouchard.

— L'histoire de Marie Grandville en 1705, les légendes de feux follets...

— Ouais, murmura le vieillard. Personne a jamais voulu me croire. Mais ils ont ri de moi tout leur saoul, par exemple! Ça fait que j'ai fini par ne plus en parler. Pis tant pis pour eux. Ils ont rien qu'à s'ouvrir les yeux. Ça fait cinquante ans que je le dis, moi, que cette forêt-là, elle est dangereuse.

Quelqu'un s'approcha soudainement d'eux.

— Alors, les enfants ? Les histoires de Monsieur Bouchard sont tellement bonnes que vous oubliez les poutines graisseuses ? demanda Monsieur Grenier.

— Y sont ben fins, ces petits-là. Je les garderais ben, ricana Monsieur Bouchard, mal à l'aise.

— Je peux vous les prêter quand vous voulez ! plaisanta Monsieur Grenier. Alors, les enfants, vous venez ? J'ai une faim de loup.

Les enfants se levèrent pour le suivre. Monsieur Bouchard leur attrapa chacun le bras et les serra contre lui.

— Y a quelque chose de terrible dans la forêt. Restez loin de là ! Au moins jusqu'en septembre ! murmura-t-il avant de les laisser partir.

5

EXPÉDITION

Sur le chemin du retour, ni Félix ni Émilie n'osèrent aborder le sujet. Avec leur peur des lucioles encore toute fraîche en mémoire, une partie d'eux ne pouvait s'empêcher de se faire la même réflexion : et si Monsieur Bouchard disait vrai ? Le vieil homme était convaincu d'avoir vu des choses inquiétantes dans la forêt. Pire encore : il leur attribuait la disparition de son fils, voilà un demi-siècle, et celle de plusieurs autres personnes. L'avertissement de Monsieur Bouchard résonnait encore dans la tête de Félix. *Y a quelque chose de terrible dans la forêt. Restez loin de là ! Au moins jusqu'en septembre !*

Après le souper, les parents se lancèrent dans une partie de cartes chez les Grenier. Les deux jeunes déclinèrent l'invitation de s'y joindre et sortirent prendre l'air. Ils s'assirent à la table à pique-nique des Saint-Jacques en sirotant un jus de pomme. Félix avait sorti son canif et grattait distraitement un bout de bois qu'il avait ramassé.

— Tu y crois, toi, à l'histoire du bonhomme Bouchard ? finit par demander Émilie.

— Moi ? Pas du tout ! se défendit Félix avec un peu trop de conviction.

— Alors, dis-moi pourquoi tu as l'air si préoccupé. Hein ? C'est à peine si tu as prononcé dix mots de toute la soirée. On dirait que tu es à des kilomètres d'ici.

Pendant un moment, Félix ne répondit pas.

— Parce qu'il me fait quand même un peu peur, finit-il par admettre.

— Ouais, à moi aussi, avoua Émilie avec un rire embarrassé. Tout d'un coup, les lucioles sont moins rassurantes, non ? Je sais bien que c'est juste mon imagination qui me joue des tours. Ma tête me dit que c'est un vieux fou qui cherche à se rendre intéressant, et pourtant...

— Et pourtant, il avait l'air tellement convaincu, compléta Félix.

— Ouais. Exactement.

Félix faisait lever des éclats de bois en réfléchissant.

— Et si nous y retournions ? suggéra-t-il. Il suffira d'attendre le crépuscule. Nous pourrions capturer une ou deux de ces lucioles et nous en aurions le cœur net. Sinon, les histoires du bonhomme Bouchard vont toujours nous rester collées au fond de la tête et nous allons passer l'été à avoir peur de mettre le petit orteil au début du commencement de l'horizon de la forêt. Un été au bord du lac sans pouvoir aller ailleurs qu'au village pour faire des courses... Beurk !

— Tu as raison. Demain après le souper, alors ?

La décision de retourner dans la forêt à la tombée du jour, si peu de temps après la peur qu'ils avaient eue et alors que l'histoire de Monsieur Bouchard était encore si fraîche à leur mémoire, était à la fois troublante et excitante. Pour le reste de la soirée, ils s'efforcèrent de penser à autre chose et finirent par participer à la partie de cartes. Ils en profitèrent pour faire subtilement part à leurs parents de leur intention d'aller observer les lucioles le lendemain.

— Tiens, dit Monsieur Grenier avec un brin d'ironie. Voilà que nos deux jeunes tourtereaux s'intéressent aux lucioles maintenant.

— Marc ! le gronda son épouse. Cesse de les taquiner, ces pauvres petits.

— P'paaaa ! gémit Félix.

Le lendemain, vers dix-neuf heures, Félix et Émilie se retrouvèrent à l'orée du bois. Dans son sac à dos, Émilie avait fourré un coupe-vent, des chaussettes de rechange, deux bouteilles d'eau, des pommes, des croustilles, des carottes et des graines de tournesol, en plus d'un gros bocal de verre au couvercle percé de quelques trous pour y mettre des lucioles. Félix, lui, portait à la taille une pochette de toile dans laquelle il avait mis son canif, des allumettes, quelques pièces de monnaie, un calepin et un bout de crayon. Dans sa main, il tenait une longue lampe de poche du genre de celles que portent les policiers à la ceinture. Avec ça, il pourrait éclairer n'importe quoi, même s'il faisait nuit noire et que les nuages cachaient la lune.

— Tourne-toi un instant, tu veux? demanda-t-il à Émilie. Je vais mettre tout ça dans ton sac.

Félix écarquilla les yeux en apercevant le contenu du sac à dos de sa copine.

— Tu pars en expédition? Qu'est-ce qu'on va faire avec toute cette nourriture?

— Ben quoi? Des fois que j'aurais une petite fringale, ou qu'il ferait froid, ou que je me mouillerais les pieds... On ne sait jamais.

— Une fille de la ville ! dit Félix en grimaçant, les yeux levés vers le ciel.

Émilie lui descendit une grande claque sur l'épaule.

— Aïe ! Ça devient une habitude ou quoi ?

— C'est bon pour toi, rétorqua Émilie en riant. Il faut bien que quelqu'un t'enseigne à parler aux dames ! Je suis peut-être une fille de la ville, mais j'apprends ! Et je serais curieuse de te voir tout seul au centre-ville de Montréal, toi, tiens...

Contre un arbre, Félix avait appuyé deux bâtons décorés, sculptés et vernis, qui lui arrivaient à hauteur d'épaule. Il en prit un et le tendit à Émilie.

— Qu'est-ce que je suis censée faire avec une branche ?

— Ce n'est pas une branche, espèce de citadine. C'est un bâton de marche. Il y a un type au village qui les fabrique pour les estivants. Tu as celui de ma mère. Arrange-toi pour ne pas le perdre.

— Bon, fit Émilie, l'air sceptique. Je croyais que deux jambes suffisaient pour marcher...

En se frottant distraitement l'épaule, Félix jugea plus prudent de ne pas répliquer. Ils se mirent en route.

Ils marchèrent lentement en observant les alentours. La forêt était tout à fait normale. La lumière du soleil traversait le feuillage et donnait au paysage parsemé d'ombrages un air féerique. Les oiseaux offraient à qui voulait l'entendre un mélodieux concert et, partout, la nature était en fleurs.

Vers dix-neuf heures trente, ils aboutirent tout naturellement dans le petit paradis de Félix. Ils s'y assirent et attendirent que le soleil commence à descendre.

— Il est vingt heures quinze, dit Émilie en consultant sa montre. Il doit bien y avoir quelques lucioles de sorties. On va voir ?

— Ouais. Je suppose qu'il faut bien. Tu crois que...

— T'en fais pas. Nous en attraperons une ou deux et nous repartirons le cœur léger. Le bonhomme Bouchard pourra aller voir au Guatemala si j'y suis et raconter ses histoires à dormir debout à des tas de petits Guatémaltèques émerveillés.

Émilie prit le bocal dans son sac à dos. Ils quittèrent le petit boisé secret et s'engagèrent dans le sentier. La lumière commençait déjà à se tamiser, comme l'autre soir. Le sentier apparaissait encore assez clairement mais, déjà, les arbres se transformaient en ombres mal définies. Avec un peu d'imagination, l'atmosphère aurait paru oppressante. Ils avançaient lentement, guettant les alentours à la recherche des coléoptères qui leur avaient foutu la frousse. Ils commençaient à croire qu'ils allaient revenir bredouilles de leur expédition lorsque Émilie s'arrêta sec.

— Tu as vu? Là! Quelque chose a traversé le sentier! Comme l'autre jour. Et exactement au même endroit!

Les deux jeunes se raidirent, aux aguets. Soudain, sur leur droite, des lumières bleues s'élevèrent au-dessus des arbres et se mirent à virevolter dans le ciel en un gracieux ballet. Certaines se touchaient brièvement avant de se repousser avec force et de décrire d'élégantes courbes. D'autres s'arrêtaient brusquement et repartaient à angle droit à la verticale ou à l'horizontale.

— Ce n'est pas un peu gros pour des lucioles? hésita Émilie.

Avant que Félix ne puisse répondre, une des lumières fondit brusquement vers eux, passa à quelques centimètres du visage d'Émilie, puis remonta vers les autres qui semblaient attendre dans le ciel de plus en plus sombre en tournoyant lentement. Elle alla se fondre au milieu de la nuée dont la luminosité sembla augmenter distinctement.

— Je n'aime pas ça, murmura Félix, méfiant, sans quitter des yeux l'étrange phénomène. Je n'aime pas ça du tout. Ce ne sont pas des lucioles, ces affaires-là.

Comme pour confirmer son impression, une des lumières se détacha du groupe et fondit droit sur eux. Émilie saisit son bâton de marche et, d'un élan digne des meilleurs frappeurs des ligues majeures, en balança un coup au beau milieu de la chose, laquelle éclata en mille miettes iridescentes qui s'évanouirent presque aussitôt. Une étrange odeur d'ozone, d'ammoniaque et de médicaments resta un moment dans l'air avant de se dissiper. Sur le sol, de petits fragments d'une matière qui semblait tenir à la fois du verre et du métal scintillèrent brièvement avant de s'assombrir. Sans avertissement, plusieurs lumières se détachèrent du groupe et foncèrent vers Émilie et Félix.

— Cours ! hurla Félix en saisissant Émilie par le bras.

Affolés, ils quittèrent le sentier et s'enfoncèrent dans la forêt, droit devant eux, en espérant qu'elle les protégerait.

Les instants qui suivirent se confondirent en un seul vaste moment de panique. Ni Émilie ni Félix n'aurait pu dire s'ils avaient couru pendant une minute ou une heure. Lorsqu'ils s'arrêtèrent, à bout de souffle, le corps lacéré par les branches, la nuit était complètement tombée. La manche du t-shirt de Félix était à moitié arrachée et ses jambes étaient couvertes de boue. Les cheveux en broussaille, les yeux hagards, Émilie regarda aux alentours avec angoisse. Aucune lumière bleue ne semblait les avoir suivis.

La lune éclairait une grande clairière remplie d'herbes hautes. Autour d'eux, la forêt formait un mur lisse et oppressant.

— Tu as vu comment elles ont foncé sur nous ? chuchota Émilie. On aurait dit qu'elles s'étaient consultées, que c'était prémédité, réfléchi. J'ignore ce qu'elles sont, mais je jurerais qu'elles possèdent une intelligence.

Félix ne répondit pas. Il pivotait lentement sur lui-même en observant les alentours.

— Tu sais où nous sommes ? demanda Émilie à mi-voix.

— Pas la moindre idée.

— Alors, comment allons-nous rentrer ?

Félix haussa les épaules et regarda anxieusement vers le ciel.

— Pour le moment, mieux vaut dénicher un abri pour la nuit. Ces choses pourraient réapparaître à tout moment. À la lumière du jour, je pourrai certainement trouver un point de repère.

— Ma mère va mourir d'inquiétude. Et tes parents aussi, répliqua Émilie.

— Ouais. Mieux vaut qu'ils s'inquiètent que de risquer de nous retrouver face à face avec ces choses. Sinon, si tu es capable de nous ramener, vas-y, dit Félix en lui indiquant le chemin d'un geste de la main.

Émilie baissa les épaules.

— Tu as raison. As-tu une idée où nous pourrions nous abriter ? Elle n'est pas très sécuritaire, ta forêt.

— Cherchons. Au pire, nous nous cacherons dans un bosquet. Mais surtout, pas de bruit.

— On pourrait utiliser la lampe de poche, suggéra Émilie d'une toute petite voix.

— Je crois qu'il vaut mieux pas.

Ils se rendirent à l'orée du bois sur leur droite et suivirent la démarcation entre la forêt et la clairière, à la recherche d'un endroit sûr. Ils marchaient ainsi depuis quelques minutes lorsqu'ils aperçurent une paroi rocheuse. Au beau milieu, une étroite ouverture se profilait dans la lumière de la lune.

— On dirait une grotte, murmura Émilie. Tu crois que ça ferait l'affaire ?

— Je suppose que oui. Tout dépend de ce que nous y trouverons... Tourne-toi.

Félix prit la lampe de poche dans le sac à dos d'Émilie. Il inspira profondément et chercha du regard l'encouragement de sa copine. D'un pas déterminé, il s'engagea dans l'ouverture, suivi d'Émilie.

Ils franchirent l'entrée de la grotte et, avant que Félix n'ait pu allumer la lampe de poche, Émilie s'enfargea dans un objet qui traînait sur le sol.

— Aïe !

Félix alluma. Masquant prudemment la lumière de la main pour qu'elle ne soit pas visible de loin, il éclaira Émilie.

— Qu'est-ce que tu as ? chuchota-t-il.

Émilie se pencha et ramassa un vieux marteau tout rouillé.

— Qu'est-ce que ça fait là, ça ? demanda-t-elle en haussant les épaules.

Sans plus de cérémonie, elle lança l'objet par-dessus son épaule et ils entrèrent. Félix éclaira l'intérieur. La grotte n'était qu'un étroit tunnel parfaitement circulaire d'un diamètre d'environ trois mètres. On aurait dit que quelqu'un l'avait volontairement percée avec une gigantesque foreuse. Aucune stalactite ne descendait du plafond voûté, pas plus que des stalagmites ne montaient du sol. Les deux enfants se seraient attendus à ce que la lumière provoque la fuite d'une nuée de chauves-souris, mais rien ne se produisit. Aucune forme de vie ne semblait y avoir élu domicile. Pas de rongeurs ni même d'insectes. Le sol était recouvert d'une épaisse couche de poussière dont l'odeur imprégnait l'air. Surtout, il y régnait un silence tellement profond qu'il en était presque surnaturel. Au fond, le tunnel tournait brusquement sur la gauche et semblait se poursuivre sans qu'il soit possible d'en voir davantage d'où ils se tenaient.

Félix éclaira une des parois.

— Regarde ça, dit-il d'une voix étouffée qui se répercuta lugubrement sur les parois rocheuses.

Le faisceau de lumière éclairait des dessins à moitié effacés qu'une main inconnue avait peints de façon rudimentaire sur le mur de roc concave. Dans une clairière au cœur d'une forêt luxuriante, des personnages gisaient contorsionnés sur le sol, visiblement en proie à d'horribles souffrances. Certains se tenaient la tête à deux mains, d'autres étaient à genoux, la tête pendante, mais la plupart semblaient immobiles, rigides. Sur la tête de chacun d'eux, des formes rondes étaient posées. En les observant attentivement, on pouvait encore apercevoir sur certaines d'entre elles de faibles traces de bleu.

— Bon sang! dit Félix sans quitter les dessins du regard. On dirait que nous ne sommes pas les premiers à voir ces lumières. Tu crois qu'ils sont anciens?

— Assez, oui. Regarde comme ils sont effacés. Ils doivent avoir des centaines d'années. Ça ressemble aux anciennes peintures rupestres que la prof nous a montrées l'an dernier. Tu sais, ces dessins préhistoriques? Dans la grotte de Lascaux, en France, il y en a qui ont 19 000 ans.

— Tu penses à la même chose que moi? coupa Félix.

— À la même personne, tu veux dire... J'ai l'impression que, finalement, Monsieur

Bouchard n'est peut-être pas aussi fêlé que les gens le croient.

Pendant que Félix continuait à examiner sa découverte, Émilie se mit à arpenter nerveusement la caverne, regardant d'un côté puis de l'autre, et faisant bien attention de ne pas trop s'éloigner de la lumière de la lampe de poche. Tout à coup, elle se figea sur place. Juste après le détour, sur la gauche, quelque chose gisait par terre.

Un hurlement déchirant lui monta à la gorge et fendit le silence.

— Qu'est-ce qu'il y a ? s'écria Félix en accourant vers elle. Qu'est-ce que tu as ?

— L-l-l-l-là, répondit-elle d'une voix tremblante après une longue hésitation. Regarde. Par terre… Il y a quelqu'un.

Félix s'arrêta net et faillit en échapper la lampe de poche. Sur le sol, face à Émilie, un squelette gisait adossé à la paroi, encore vêtu d'un pantalon brun et d'une chemise pâle. Sur ses os, des lambeaux de chair desséchée pendaient çà et là et son crâne portait encore quelques touffes de cheveux foncés. Sa tête était légèrement tournée vers la gauche de sorte que ses orbites vides semblaient regarder directement vers eux. Déconcertés, ils restèrent plantés là, à fixer les premiers restes humains qu'ils aient jamais vus.

— Mon Dieu ! C'est dégueulasse, gémit Félix avec une moue dégoûtée.

— Bon. On se calme, dit Émilie en prenant de profondes inspirations. Après tout, il est mort, le gars. Il ne va pas nous faire de mal.

Elle aspira de nouveau un peu d'air et le laissa lentement échapper par sa bouche. La curiosité prenait lentement le dessus sur la terreur.

— OK. Il y a un mort dans la caverne. Qu'est-ce qu'on fait ? On l'examine de plus près ?

Presque sur la pointe des pieds, les deux jeunes s'approchèrent du squelette, qui ne semblait guère impressionné de leurs précautions. Ils s'arrêtèrent à quelques pas.

— Ça fait longtemps qu'il est là, le bonhomme. Une bonne centaine d'années, affirma finalement Émilie.

— Comment tu peux dire ça, toi ?

Émilie soupira et fit une moue impatiente.

— Si tu t'intéressais un peu plus à l'histoire, surtout avec un père historien, tu remarquerais que ses vêtements ne sont pas de la dernière mode. En tout cas, ce qu'il en reste. J'ai déjà vu des photos de paysans du début des années 1900. Ils s'habillaient à peu près comme ça.

— Ah bon ? dit Félix, qui se sentait un peu stupide.

— Tu vois cette chemise ? continua-t-elle. On dirait un tissu grossier fabriqué à la maison. Du coton ou du lin, probablement. Et le pantalon, c'est pareil.

Surmontant sa répulsion, elle se pencha vers le squelette et saisit le col de la chemise entre ses doigts pour l'examiner. Aussitôt, le squelette glissa sur la gauche et un nuage de poussière nauséabonde les enveloppa.

— Ah, bravo ! grogna Félix en toussant. Je m'étouffe avec de la poussière de défunt, maintenant ! Beurk !!!

Émilie, interloquée, tenait un morceau du col de chemise entre son pouce et son index.

— C'est moi qui ai fait ça ? demanda-t-elle, incrédule.

— Non. C'est le vent, ironisa Félix.

Émilie ne réagit pas. Les sourcils froncés par la concentration, elle fixait l'endroit où le squelette était adossé un instant plus tôt.

— Regarde, dit-elle en portant la main à son visage, où se mêlaient la pitié et le dégoût. Le pauvre type était littéralement cloué sur place. C'est épouvantable !

Si le corps avait glissé vers le sol, le bras droit, lui, était resté pendu dans les airs. Un gros clou rouillé passait à travers les os de la main, bien ancré dans la paroi rocheuse. Ses pieds étaient dans le même état. Des clous dépassaient de ce qui restait des chaussures.

— Qu'est-ce qui a bien pu lui arriver ? demanda Émilie. Tu crois qu'on l'a cloué sur place et qu'on l'a laissé mourir ? Pourquoi lui a-t-on fait une chose pareille ?

— Il n'a quand même pas fait ça lui-même... En tout cas, quelqu'un voulait qu'on sache qui était la victime. Tu vois, là, sur la paroi.

À l'endroit où le squelette était adossé un moment plus tôt, un bref message était gravé :

Julien Leroux
12 juillet 1905

— Je ne sais pas ce que tu veux faire, mais moi, je fous le camp d'ici. Ça me donne la frousse, un mort, lança Félix en faisant quelques pas vers la sortie.

— Pour aller où ? Dehors, retrouver ces affreuses lumières ? Pas question ! C'est toi qui ne voulais pas retourner dans les bois, voilà quelques minutes, non ? Et puis, dans l'état où il est, il ne nous fera pas de mal, Julien Leroux.

À contrecœur, Félix dut admettre que son amie avait raison. Il ne fallait pas oublier ces étranges lumières. L'idée de passer la nuit avec la dépouille de Julien Leroux le terrifiait, mais le danger, le vrai, se trouvait à l'extérieur. Il s'arrêta, soupira et revint sur ses pas.

Ils s'installèrent pour la nuit, adossés à la paroi. Aussi loin que possible à la fois de Julien Leroux et de l'entrée de la caverne. Ainsi blottis, entre deux sources de terreur bien réelles, ils se préparèrent à une nuit sans sommeil.

6

RETOUR À L'ANORMAL

Les premières lueurs de l'aube étaient à peine apparues à l'horizon qu'Émilie et Félix étaient debout, près de l'entrée de la caverne, impatients de retrouver la sécurité de leur foyer. Ils avaient toutefois été trop échaudés par les événements de la veille pour se précipiter dehors tête baissée. De toute évidence, ils avaient affaire à un phénomène inconnu dont il valait mieux se méfier. Rien ne garantissait que les étranges lumières ne seraient pas là à les attendre, même en plein jour. Ils devaient revenir sains et saufs chez eux et tout raconter à leurs parents. Ils sauraient quoi faire, eux. Félix pouvait déjà entendre son père se moquer de lui : *Te voilà rendu comme Monsieur Bouchard, maintenant,* dirait-il en riant. *Tu vois des lumières bleues !*

Prudemment, Émilie passa la tête à l'extérieur et examina les alentours. La forêt semblait parfaitement normale et les étranges lumières ne semblaient avoir laissé aucune trace. Les oiseaux accueillaient en gazouillant le soleil qui se levait paresseusement. Quelques insectes bourdonnaient çà et là. Les feuilles bruissaient dans un petit vent léger qui allait atténuer la chaleur qui s'annonçait déjà.

— Rien en vue, murmura-t-elle à Félix en retournant à l'intérieur. On y va ?

— Attendons encore un peu que le soleil soit complètement levé. Je me sentirais mieux. On ne sait jamais...

— Ouais. Une demi-heure de plus ou de moins, au point où nous en sommes, acquiesça Émilie. De toute façon, nos parents vont nous dévorer vivants, c'est sûr.

Ils se rassirent le long de la paroi, face à la fresque qu'ils avaient découverte la veille. Émilie la regardait, fascinée.

— Ton père est historien. Il doit être familier avec ce genre de choses. Tu crois qu'il saura ce que ces dessins signifient et quel âge ils peuvent avoir ? demanda-t-elle.

— Je suppose que oui, répondit Félix. Mais il faudrait d'abord qu'il nous croie. Il est six heures, dit-il. Allons-y.

À l'extérieur, le soleil était bien levé et la vie avait repris son cours dans la forêt. Lentement, sans quitter des yeux les alentours, ils avancèrent jusqu'au milieu de la clairière.

— Alors ? De quel côté ? demanda Émilie.

Félix leva les yeux vers le soleil pour établir leur position.

— Par là, dit-il en pointant vers l'ouest.

Comme il l'avait prévu, il lui fut assez facile de retrouver le chemin en plein jour, même à travers les bois. Mais il leur fallut marcher plus d'une heure pour atteindre le sentier habituel et une autre demi-heure pour arriver chez eux.

— Comment est-ce qu'on a pu se ramasser aussi loin ? répétait-il sans cesse, complètement abasourdi. C'est impossible. À moins d'avoir couru pendant une heure...

Ils retrouvèrent avec soulagement le décor familier des deux chalets voisins. Ils étaient fourbus et imaginaient avec angoisse la scène que leur feraient leurs parents fous d'inquiétude.

Ils se dirigèrent vers le chalet des Saint-Jacques. Dans l'entrée, la vieille familiale était à sa place habituelle, mais la portière du côté du conducteur était entrouverte.

— Qu'est-ce que ça veut dire ? s'interrogea Émilie à voix haute. Ma mère n'arrête pas de se plaindre de la batterie de sa bagnole qui est toujours à plat. Elle ne laisserait jamais la portière ouverte.

Émilie et Félix s'approchèrent, l'angoisse leur serrant de nouveau la gorge. Le sac à main de Madame Saint-Jacques gisait sur la banquette avant, son contenu à moitié renversé sur le plancher de la voiture. Émilie recula d'un pas et ouvrit complètement la portière. Par terre, presque sous la voiture, une bombe aérosol de poivre de Cayenne traînait dans l'herbe.

— Mon Dieu ! murmura Émilie. Ma mère n'aurait jamais sorti son poivre de Cayenne de son sac à main sans se sentir menacée par quelqu'un.

Avant que Félix puisse ajouter quoi que ce soit, sa copine se précipita vers son chalet. Elle y entra en trombe, faisant bruyamment rebondir la porte moustiquaire contre le mur.

— Maman ? Maman ? l'entendit-il hurler à pleins poumons avant de pouvoir la rattraper.

Lorsqu'il entra dans le chalet des Saint-Jacques, Émilie, toute blême et les yeux pleins d'eau, revenait dans la cuisine. Elle avait visiblement fait un tour rapide des deux petites chambres et de la salle de bains.

— Elle n'est pas là, s'écria-t-elle, paniquée. Elle a disparu ! Mais elle est où ?

— Peut-être chez moi, avec mes parents, suggéra Félix sans trop y croire.

Émilie s'élança vers l'extérieur, bousculant légèrement son copain au passage. Elle traversa en courant le petit boisé qui séparait les deux bâtiments, Félix sur ses talons.

La porte du chalet des Grenier était grande ouverte et la moustiquaire battait paresseusement dans la petite brise qui venait du lac. Les deux adolescents se précipitèrent à l'intérieur. La cuisine et le petit salon étaient vides. Sans avoir à se consulter, ils se dirigèrent vers les chambres. Personne. Le lit d'Abelle était défait et les couvertures traînaient à moitié sur le plancher, comme si elle s'était tirée du lit à la hâte. Dans la chambre de ses parents, rien n'avait bougé depuis que le lit avait été fait le matin précédent.

Ils retournèrent dans la cuisine.

— Qu'est-ce qui se passe ici ? demanda Félix d'une voix étranglée. Où est tout le monde ?

Sur la table, l'ordinateur portable de Monsieur Grenier était allumé. Une grosse balle multicolore rebondissait d'un côté à l'autre de l'écran de veille. Du bout du doigt, Félix effleura le pointeur tactile. Un texte apparut sur l'écran, une phrase laissée inachevée par Monsieur Grenier. Félix fixait l'écran, son esprit se refusant à comprendre ce que son cœur lui criait. Son père s'était arrêté au beau milieu d'une phrase...

— Félix ? dit Émilie d'une toute petite voix.

— Quoi ?

— Regarde, fit-elle en pointant du doigt le plancher, près du comptoir de la cuisine.

De petits éclats de verre d'une couleur métallique jonchaient le linoléum. Ils étaient en tous points semblables à ceux qu'ils avaient vus lorsque Émilie avait frappé la lumière bleue avec son bâton de marche.

Une fois l'appel terminé, il fallut à peine vingt minutes à la police de Saint-Jean-des-Bois-Francs pour arriver au chalet des Grenier. L'auto-patrouille s'arrêta dans l'entrée, les gyrophares allumés, et les portières avant s'ouvrirent. Une jeune policière sortit du côté du conducteur et examina les alentours. De l'autre côté de la voiture, un policier aussi costaud qu'un lutteur professionnel se déplia lentement, l'air sérieux. Félix et Émilie les attendaient sur le balcon, anxieux. Les deux agents les y rejoignirent.

— C'est bien vous qui nous avez appelés au sujet de vos parents ? demanda la policière.

— Oui, répondirent Émilie et Félix à l'unisson. Entrez.

Tous quatre s'assirent à la table de la cuisine. La chaise gémit sous le poids de l'énorme policier qui sortit un petit calepin et un crayon de sa poche de chemise.

— Bon. Essayons de démêler tout ça, dit la policière avec un sourire amical. Pouvez-vous me raconter calmement ce qui s'est passé ?

Du mieux qu'ils le purent, les deux adolescents relatèrent les événements depuis la veille : les lumières bleues, la caverne, les dessins sur les murs, le squelette de Julien Leroux, la nuit passée en forêt, le retour dans deux chalets vides... À mesure que leur récit progressait, ils se demandaient eux-mêmes comment quelqu'un d'autre pourrait croire à quelque chose d'aussi invraisemblable. Lorsqu'ils eurent terminé, la policière leur posa plusieurs questions afin de préciser certains détails. Son collègue rangea ensuite son calepin et son crayon, se leva et alla chercher un appareil photo dans l'auto-patrouille. Il examina soigneusement le chalet des Grenier et fit quelques clichés de la chambre d'Abelle, puis sortit examiner les environs de la voiture de Madame Saint-Jacques, photographia le contenu du sac à main répandu dans le fond de la voiture et plaça le tout dans de petits sacs de plastique individuels sur lesquels il nota soigneusement le contenu et la date.

Pendant ce temps, la policière était restée avec Félix et Émilie. Elle tenta de se faire rassurante.

— Ouais, hésita-t-elle. Votre histoire est étrange. Mais si j'étais vous, je ne m'inquiéterais pas trop dans l'immédiat.

— Vous ne nous croyez pas, c'est ça? demanda Émilie, penaude.

— Écoute, Émilie, reprit la policière d'un ton conciliant. Je ne sais pas ce que Félix et toi avez vu cette nuit, mais vous avez eu très peur. C'est évident, crois-moi. Vous êtes tout pâles. Et maintenant, vous êtes inquiets pour vos parents. C'est normal. Tu sais ce que je pense ? Que vos parents ont passé la nuit debout à vous attendre et que, dès l'aube, ils se sont précipités dans la forêt à votre recherche. Ils vont sans doute revenir sous peu et vont être très soulagés de vous trouver ici. Ensuite, ils vont certainement vous passer le savon du siècle, mais c'est parce qu'ils vous aiment.

— Oui, oui, je veux bien, moi. Mais le sac à main de ma mère renversé dans l'auto ? Ce n'est pas normal, ça, rétorqua Émilie.

— Ta mère était certainement très nerveuse de savoir que tu t'étais perdue en forêt, intervint le policier qui se tenait dans l'embrasure de la porte. Elle est sans doute allée en vitesse rejoindre les parents de ton copain et a oublié son sac à main dans sa voiture. Elle est partie sans s'apercevoir qu'il s'était renversé en laissant la portière ouverte.

— Mais la chambre d'Abelle ? Et le texte de Monsieur Grenier abandonné au beau milieu d'une phrase ? Et les éclats, par terre ? Vous avez déjà vu du verre comme celui-là, vous ?

— Les parents de Félix ont réveillé Abelle en catastrophe pour partir à votre recherche. Ils n'allaient quand même pas la laisser seule au chalet. J'avoue que je ne comprends pas pourquoi ton père écrivait alors que vous étiez perdus en forêt, mais il y a certainement une explication logique.

Pendant que sa collègue discutait avec les deux adolescents, le policier se promena dans la cuisine.

— Quels éclats de verre ? demanda-t-il en haussant les épaules. J'ai eu beau les chercher pour les photographier tout à l'heure, je n'ai rien trouvé.

Félix et Émilie se regardèrent, interloqués, et se dirigèrent vers le comptoir.

— Mais là, s'exclama Félix en pointant du doigt. Juste...

Le plancher était complètement net. Les étranges éclats de verre avaient disparu.

— Mais... balbutia Félix. Ils étaient là voilà une heure. Hein, Émilie, qu'ils étaient là ? Dis-le-lui !

Avant qu'Émilie ne puisse confirmer l'histoire de son copain, le policier fit un petit sourire compréhensif et leur mit chacun une grosse main sur l'épaule.

— Je crois que vous avez beaucoup d'imagination, les jeunes.

— Et les lumières bleues ? insista Émilie.

— Des lucioles. Il y en a régulièrement dans la forêt.

— Et le cadavre dans la caverne ? Et les dessins sur les murs ?

— Là, évidemment, nous allons vérifier. Nous allons faire un rapport et, d'ici demain, une unité se rendra sur place pour voir ça de plus près.

— Pourquoi pas tout de suite ? lança Félix.

— Parce que si le monsieur est mort voilà un siècle, il n'est pas pressé. Nous attendrons d'avoir un enquêteur disponible pour se charger du cas. Les indications de Félix étaient précises et la caverne devrait être assez facile à repérer. Si un Julien Leroux est vraiment disparu en 1905, il se trouvera dans nos archives et nous pourrons clore l'enquête.

— Alors, qu'est-ce qu'on fait, nous ? demanda Félix, de plus en plus frustré.

— Je comprends que vous soyez inquiets, mais pour le moment, il n'y a pas grand-chose à faire, répondit la policière. Nous allons garder l'œil ouvert, bien entendu, mais il y a de bonnes chances que vos parents soient juste partis à votre recherche. Mettez-vous à leur place : c'est normal, non ? Ils vont sans doute marcher pendant quelques heures, puis décider d'appeler la police et de revenir. Nous repasserons en fin d'après-midi pour nous assurer que tout est rentré dans l'ordre. D'accord ? Voici notre numéro de téléphone s'il y a quoi que ce soit, dit la policière en tendant une carte à Émilie.

Les deux agents de la paix se levèrent et, après quelques recommandations de sécurité, retournèrent vers leur voiture.

Aussitôt que les policiers furent partis, Félix se précipita sur l'annuaire téléphonique et se mit à en tourner fébrilement les pages.

— Qu'est-ce que tu fais ? demanda Émilie.

— J'appelle monsieur Bouchard. Il nous croira, lui.

— Mais la policière a dit...

— Je sais ce qu'elle a dit, la policière. Elle a dit qu'elle ne nous croit pas et que nous avons eu une hallucination.

Il fit descendre son index le long d'une colonne de noms.

— Voilà ! s'écria-t-il.

Sans attendre, il composa le numéro.

— Allez, allez, répondez, monsieur Bouchard, marmonnait-il en tapant du pied. Il mit la main sur le combiné et chuchota.

— Il n'y a pas de réponse.

Une voix retentit soudainement à l'autre bout.

— *Oui. C'est Edmond-Louis Bouchard ici. Si je vous réponds pas, c'est parce que je suis pas là. Laissez-moi un message, pis je rappellerai quand j'y serai.*

Les épaules de Félix s'affaissèrent sous le poids de la déception. La mine basse, il laissa un long message au vieil homme en essayant d'être le plus cohérent possible. Puis il raccrocha.

O

L'heure du dîner était passée sans que l'appétit leur vienne. Ils allaient et venaient nerveusement d'une fenêtre à l'autre, sortant de temps à autre sur le balcon, guettant le moindre bruit. Chaque minute qui s'écoulait augmentait leur angoisse. Un peu après quinze heures, ils attendaient toujours et ne tenaient plus en place.

— Je connais ma mère, explosa tout à coup Émilie. Elle ne passerait pas tout ce temps à chercher elle-même sans savoir ce qui m'est arrivé. Elle aurait demandé l'aide de la police bien avant ça.

— Ouais, même chose de mon côté, renchérit Félix. Tu sais ce que je pense ? La policière et son collègue peuvent bien dire ce qu'ils veulent... Les éclats de verre étaient là. Ces choses sont entrées ici et ont enlevé nos parents.

— On les rappelle ?

— Les policiers ? Pour quoi faire ?

— Monsieur Bouchard va nous croire, lui.

— Mais il ne rappelle pas.

Émilie se raidit, l'air déterminé.

— Alors, allons-y nous-mêmes.

— Je crois qu'on n'a pas tellement le choix.

Félix saisit le sac à dos d'Émilie et s'assura que la lampe de poche s'y trouvait toujours. Il le tendit à sa copine, qui le passa sur ses épaules, puis attacha autour de sa taille la pochette de toile qu'il avait laissée sur le comptoir de la cuisine. Avant de sortir, il griffonna une note sur un bout de papier à l'intention de ses parents, au cas où ils reviendraient.

— Allons-y, dit-il sombrement.

D'un même pas, ils se retrouvèrent à l'extérieur, se dirigèrent vers la forêt et prirent le sentier.

— Nous allons où ? demanda Félix.

— Retraçons notre chemin d'hier. C'est là que nous avons vu ces choses.

— Jusqu'à la caverne ?

— S'il le faut, oui.

Seconde partie

CONVERGENCE

1

DE PORTE EN PORTE

Sur le sentier que Félix connaissait si bien, tout était normal. À part Monsieur Bouchard, Émilie et lui étaient certainement les seuls à des kilomètres à la ronde qui pouvaient croire que la forêt recelait une menace. Mais cette fois, aucune lumière bleue, aucune petite chose traversant le sentier à toute vitesse, aucun mort dans une caverne n'aurait pu les empêcher d'aller à la recherche de leurs parents. Périodiquement, ils s'arrêtaient pour écouter, aux aguets.

— Tu entends ? demanda Félix.

— Quoi ?

— Rien, justement. Pas le moindre bruit. En juillet, en plein jour, une forêt silencieuse ? Je n'aime pas ça.

— Peut-être que nous devrions cesser de crier, suggéra Émilie. Elles vont nous entendre.

— Qui ça, « elles » ?

— Ben... Je ne sais pas moi... Les lumières.

— Tant qu'il fait jour, je crois que nous sommes en sécurité. Après tout, nous ne les avons vues qu'à la nuit tombée.

Ils arpentèrent le sentier jusqu'au petit paradis de Félix, qui avait tout à coup perdu tout son attrait. Rien. Pas la moindre trace de leurs parents.

— Peut-être qu'ils sont déjà de retour, risqua Émilie sans trop y croire.

Ils parvinrent à l'endroit où, le soir précédent, ils avaient vu une seconde fois les étranges sphères lumineuses. Ils s'interrogèrent mutuellement du regard. Félix laissa échapper un profond soupir et ils quittèrent le sentier pour entrer dans la forêt. Retracer leur chemin de la veille n'était guère difficile. Dans la course folle dont ils ne gardaient aucun souvenir et qui les avait menés jusqu'à la caverne, ils avaient cassé des tas de branches, piétiné des plantes, arraché des feuilles.

— On dirait qu'un troupeau d'éléphants est passé par ici, murmura Félix.

Ils avançaient lentement, attentifs au moindre détail qui pourrait les mettre sur la piste de leurs parents. Il était presque dix-sept heures lorsqu'ils se retrouvèrent dans la petite clairière de la veille. Là aussi, un silence presque surnaturel régnait. Ils refirent le même chemin en longeant la forêt et, devant eux, l'ouverture de la caverne apparut bientôt, longue et étroite, bien éclairée par le soleil.

— La police ne s'est pas encore pointée, remarqua Félix.

— Comment le sais-tu ?

— Si la caverne était considérée comme une scène d'enquête, l'accès en serait interdit et il y aurait au moins un policier qui monterait la garde.

— Donc, Leroux est encore là, conclut Émilie en serrant les bras autour de son corps pour éliminer la chair de poule qui l'envahissait.

— Ouais, répondit Félix en déglutissant bruyamment.

— On y va ? suggéra Émilie.

— Il faut bien.

Ils avancèrent jusqu'à l'entrée.

— Regarde, dit Émilie d'un ton sinistre en pointant le sol du doigt.

Par terre gisait l'affreux chapeau de paille de sa mère.

— Ils sont entrés dans la caverne, constata-t-elle. Tu crois qu'ils avaient réussi à suivre notre trace ?

— Peut-être. Ce n'était pas si difficile que ça et mes parents connaissent bien la forêt, répondit Félix.

— Alors, ils sont peut-être à l'intérieur ! s'écria Émilie.

Sans perdre de temps, elle se précipita à l'intérieur. Félix lui emboîta le pas. La caverne était aussi lugubre le jour que la nuit. Un profond silence y régnait toujours. Ils firent quelques pas vers l'avant, leur regard alternant avec méfiance d'un côté et de l'autre. Félix prit Émilie par le sac à dos, la fit légèrement pivoter, en sortit la lampe de poche et l'alluma. La lumière traça sur les parois rondes les mêmes ombres sinistres. Les fresques étaient toujours là, remplies de scènes inquiétantes. Par terre, ce qu'il restait de Julien Leroux gisait sous l'inscription qui lui avait servi de testament.

Sans qu'ils s'en rendent compte, leurs mains se rencontrèrent et s'entrelacèrent. Ensemble, ils avancèrent lentement vers le fond de la caverne. Félix éclaira le sol devant eux. Dans la poussière, de nombreuses empreintes de pas se superposaient, comme si plusieurs personnes étaient passées avant eux à la file indienne. Ils s'accroupirent pour les examiner.

— Trois différentes empreintes d'adultes, constata Émilie en pointant du doigt. Là, il y a un soulier d'homme et ici, c'est une espadrille de femme. Ça, c'est une sandale, car il n'y a aucun talon. Et ici, il y a des petits pieds en espadrilles.

— Mon père, ma mère, ta mère et Abelle, murmura Félix.

— Pourtant, il n'y avait rien ce matin, dit Émilie.

— Ils sont passés entre-temps.

— Et ça ? poursuivit Émilie en montrant une trace du doigt. Qu'est-ce que tu crois que c'est ?

Félix éclaira de plus près ce que lui indiquait Émilie. À travers celles déjà recensées perçaient çà et là des empreintes d'un tout autre genre. De drôles de petits pieds presque aussi larges que longs, complètement plats.

— À qui ou à quoi ces pieds-là peuvent-ils bien appartenir ? demanda Émilie, horrifiée.

— Aucune idée.

Ils se relevèrent et continuèrent d'avancer. Au bout d'une minute, ils se trouvèrent face à une paroi lisse. Ils étaient au fond de la caverne.

— Ils ne sont pas ici, conclut Émilie, une immense déception dans la voix.

— Ouais, fit Félix qui n'en menait pas plus large.

Émilie fit demi-tour.

— Allez, viens, dit-elle en le prenant par le coude. Retournons voir à l'extérieur.

Félix fit un pas en arrière. Un craquement retentit. Il éclaira le sol à ses pieds, se pencha et ramassa un objet tout écrasé.

— Les lunettes de mon père, chuchota-t-il en désignant à Émilie la lentille craquée encore attachée à la monture. Il ne s'en sert que pour lire et pour travailler à l'ordinateur. Il ne les aurait certainement pas portées pour nous chercher en forêt. Il voit très bien de loin sans elles.

— Qu'est-ce qu'elles font ici, au fond de la caverne ? Ça ne tient pas debout.

— Peut-être qu'il les a simplement laissées tomber en chemin. Regarde, intima Félix en éclairant le sol au bas de la paroi du fond.

Les traces de pas s'arrêtaient net contre le mur.

— Quoi ? Ils sont allés jusqu'au fond, puis ils sont revenus sur leurs pas, proposa Émilie.

— Tu en vois, toi, des traces de pas qui vont dans l'autre sens ? Et regarde, là, ajouta-t-il en pointant la base de la paroi. Comment expliques-tu ça ?

Au pied de la paroi, on pouvait apercevoir l'empreinte du talon d'un soulier d'homme. Seulement le talon, comme si le reste était disparu sous la paroi.

— C'est une porte ! s'exclama Félix.

Il se mit à examiner fiévreusement la cloison, explorant du bout des doigts le moindre recoin sans rien trouver qui puisse ressembler à un mécanisme d'ouverture. Il recula d'un pas pour mieux voir et promena sa lumière un peu partout. Tout à coup, un minuscule voyant rouge clignota dans le coin supérieur droit et un sifflement d'air comprimé retentit dans le silence de la caverne. La paroi remonta rapidement vers le haut, comme dans les vaisseaux spatiaux des films de science-fiction.

— C'est moi qui ai fait ça ? demanda Félix, éberlué.

Il dirigea le faisceau de la lampe de poche dans le passage qui venait de s'ouvrir. Devant eux apparut un nouveau couloir qui ne ressemblait en rien à la caverne. Les murs droits semblaient faits d'un métal mat qui paraissait absorber la lumière davantage qu'il ne la réfléchissait. Sur le sol exempt de poussière, les traces de pas se dissipaient après quelques mètres. Au haut des murs, des cercles plats balisaient le couloir tous les dix mètres environ et émettaient une pâle lumière jaunâtre qui permettait à peine d'y voir clair.

Félix et Émilie se regardèrent.

— On entre ? suggéra Félix.

— Pas le choix, marmonna Émilie.

Ils passèrent le seuil du portail. Un bourdonnement sourd remplissait l'espace, comme si une immense machine s'était déclenchée dans le lointain et faisait vibrer le sol.

— Qu'est-ce que c'est ? murmura Félix.

— Je ne sais pas, mais je n'aime pas ça.

Le bruit d'air comprimé retentit de nouveau. Émilie et Félix sursautèrent et se retournèrent juste à temps pour voir la paroi se refermer derrière eux. À l'intérieur, elle était faite du même métal.

— Zut ! s'écria Félix. Comment on va ressortir d'ici, maintenant ?

Il se mit à pousser contre la paroi en grognant et en jurant. Il eut beau éclairer la porte de toutes les façons, sa lampe de poche n'eut aucun effet. Ils étaient prisonniers. Émilie le prit doucement par le bras et le regarda intensément.

— Je ne crois pas que nous sommes censés ressortir, déclara-t-elle sombrement. C'est à sens unique, en quelque sorte. Viens. Nous devons retrouver nos parents.

— Tu as raison. Excuse-moi, dit Félix, la mine basse. C'est juste que je commence à avoir sérieusement la trouille.

— T'en fais pas. Moi aussi.

Sans être assourdissant, le bourdonnement était assez puissant et son rythme assez régulier pour animer l'air ambiant d'une sorte de pulsation qui leur serrait l'estomac et leur résonnait dans la tête. Les deux adolescents poursuivirent leur chemin, les yeux écarquillés de peur. Main dans la main, ils avancèrent pendant plusieurs minutes sans que rien se passe. Hormis le bruit ambiant, ils auraient tout aussi bien pu se trouver au plus profond d'une pyramide égyptienne tant l'endroit semblait être dénué de vie. Ils parvinrent finalement à une nouvelle paroi.

— Essaie la lampe de poche, suggéra Émilie. Si ça a fonctionné une fois...

Félix promena le faisceau autour du joint presque invisible qui unissait la paroi et les murs arrondis. Comme la première fois, un voyant rouge clignota, mais la paroi demeura immobile. Un bruit mécanique à peine audible leur fit plutôt lever les yeux vers le plafond. Avant qu'ils ne puissent comprendre ce qui se passait, un petit tuyau émergea d'une trappe et projeta sur eux une bruine légère et visqueuse. Le jet s'interrompit presque aussitôt. Émilie laissa échapper un hurlement mêlé de dégoût et de terreur et se passa frénétiquement la main dans les cheveux.

— Ouache ! cria-t-elle. C'est tout gluant et ça pue !

— Tu sens cette odeur ? répondit Félix en se frottant les bras et le torse. On dirait... du désinfectant.

De partout à la fois, une aveuglante lumière blanche les enveloppa, les désorientant momentanément, puis s'éteignit. Tout trempés quelques secondes plus tôt, Émilie et Félix se retrouvèrent parfaitement secs. Avant qu'ils ne puissent dire quoi que ce soit, la paroi remonta vers le haut avec le même sifflement et un nouveau portail s'ouvrit devant eux. Trop abasourdis pour se poser des questions, ils entrèrent. La paroi se referma derrière eux.

Le nouveau couloir faisait plus d'une centaine de mètres de long. Il était semblable au précédent, excepté que le bourdonnement y était beaucoup plus insistant et qu'une puissante lumière bleue donnait aux murs de métal une apparence encore plus étrange.

— Regarde. Là-bas, dit Émilie en pointant droit devant elle.

Au fond du couloir, une colonne de lumière bleue traversait l'espace du plancher au plafond. Les mains des deux amis se nouèrent de nouveau et ils avancèrent avec une extrême prudence, le ventre crispé par la peur. À mesure qu'ils s'approchaient, le bourdonnement se faisait plus pénétrant. Ils avaient l'impression que tous leurs os vibraient au même rythme. Félix s'arrêta et s'appuya contre le mur en frottant d'une main son visage couvert de sueur.

— Je me sens mal. Je crois que je vais vomir.

— Tiens le coup, mon vieux, l'encouragea Émilie. Si nous restons ici, ça ne fera qu'empirer. Il faut trouver le moyen de... d'entrer ailleurs.

Ils parvinrent à proximité de la colonne lumineuse et s'arrêtèrent. Jamais ils n'avaient vu quoi que ce soit de semblable. La lumière formait un corps solide et parfaitement circulaire de plus d'un mètre de diamètre. Elle était bleue, d'une grande pureté. Elle émettait de légers crépitements semblables à ceux de l'électricité statique. La chose semblait animée d'une existence qui lui était propre. Au rythme des pulsations, elle se gonflait puis s'amincissait, tel un organisme qui respire. Chacun de ses mouvements s'effectuait à l'unisson avec le bourdonnement.

— Zut, siffla Félix, encore tout pâle. J'hallucine ou quoi ? On se croirait en plein film de science-fiction. Tu as une idée de ce que c'est ?

— C'est la même lumière que les sphères de la forêt, mais avec plus de... substance, hésita Émilie.

Émilie inspecta du regard les alentours de la colonne lumineuse. En se penchant sur le côté, elle pouvait apercevoir le fond du couloir, tout près. Mais, contrairement aux couloirs précédents, celui-ci ne paraissait pas avoir d'autre issue. Le mur du fond était identique à ceux des côtés.

— Un cul-de-sac. On ne peut plus avancer et on ne peut pas retourner sur nos pas, annonça-t-elle, le découragement perçant dans la voix. Qu'est-ce qu'on va faire ?

— J'ignore qui a construit tout ça et pourquoi, mais ils ne l'ont certainement pas fait juste pour s'amuser. Tu percerais tous ces tunnels dans le sol juste pour permettre à je ne sais qui de venir contempler une grosse lumière bizarre, toi ?

— Et si la lumière était la sortie ? suggéra soudain Émilie.

— Qu'est-ce que tu veux dire ?

— Bien... Je ne sais pas... Il n'y a pas d'autre chemin et il y a ce truc au fond... Peut-être que ce n'est qu'une autre sorte de porte.

Émilie fit quelques pas vers la lumière et avança prudemment la main. Elle ne sentait ni chaleur ni froid, mais une espèce de vibration qui lui chatouillait la peau. Les crépitements augmentèrent aussitôt et un halo blanchâtre se forma entre ses doigts et l'étrange phénomène. Surprise, elle retira aussitôt sa main.

— Attention ! s'écria Félix.

Émilie tâta de nouveau la lumière. Retenant son souffle et fermant les yeux en grimaçant, elle y plongea le bout des doigts. Pendant un bref instant, sa main droite disparut jusqu'aux phalanges. Elle laissa échapper un petit cri et ramena sa main contre son torse. Avec circonspection, elle avança encore la main et la fit pénétrer un peu plus loin. Ses doigts, puis sa main au complet disparurent complètement.

— Tu sens quelque chose ? demanda Félix avec inquiétude.

— Ça fait bizarre, répondit Émilie, la main toujours perdue dans la lumière. Lorsque je bouge mes doigts, c'est comme si… comme s'ils étaient là sans vraiment l'être. C'est difficile à expliquer. Je les sens, mais... ailleurs.

Émilie retira sa main et l'examina longuement. Elle recula d'un pas, fouilla dans sa poche et en retira une pièce de vingt-cinq cents qu'elle lança dans la colonne de lumière. Au lieu de simplement tomber par terre, de rebondir ou d'exploser, la pièce demeura suspendue un bref instant au cœur de la lumière, comme en apesanteur, puis disparut.

— Tu as vu ça ? dit-elle, l'air ahuri.

Émilie se pencha et examina le sol aux alentours. Aucune trace de sa pièce. Elle fouilla de nouveau dans sa poche, en retira une pièce de cinq cents et la tendit à Félix.

— Essaie, pour voir.

Félix prit la pièce et la lança, avec le même résultat.

— Un transporteur ? suggéra Émilie.

— Ou un laser qui fait frire tout ce qu'il touche...

— Tu crois qu'on devrait y aller ?

— Entrer là-dedans les yeux fermés et espérer que tout se passe pour le mieux ? s'indigna Félix. Je suis très bien où je suis, moi. Et puis, j'aime mes molécules exactement comme elles sont. Pas question de disparaître comme ta petite monnaie et de me retrouver je ne sais où, ou pire encore, de ne pas me retrouver du tout !

— Écoute. Tes parents et ta sœur sont entrés dans cette caverne et n'en sont pas ressortis. Ma mère non plus. Il n'y avait pas d'autre chemin possible. Alors, ils ont forcément abouti ici, comme nous. Mais ils n'y sont pas. Tu vois une autre option ? S'il y a la moindre chance que ce truc mène quelque part, je te jure que je vais y aller. Si tu as la trouille, tu n'as qu'à retourner sur tes pas et à tenir compagnie à Julien Leroux !

Tout à coup, le visage de Félix s'empourpra de colère et d'humiliation. D'un pas déterminé, il avança, retint son souffle et ferma les yeux. D'un bond, il entra dans la colonne lumineuse et disparut.

— Félix ! hurla Émilie, horrifiée.

Elle sauta.

2

AU FOND DES CHOSES

Le temps, l'espace et la matière perdirent tout leur sens et ne formèrent plus qu'une seule réalité indéfinissable. Pour ce qui aurait aussi bien pu être une infime fraction de seconde qu'une éternité, Félix et Émilie ne furent plus que conscience, faisant un avec cette étrange lumière, partageant ses vibrations, sa substance. Ils étaient partout et nulle part à la fois. Leur corps n'était plus qu'une notion lointaine dont ils se sentaient terriblement étrangers. Autour d'eux, la réalité était d'un bleu qu'ils vivaient plutôt qu'ils ne le voyaient.

Puis, un sol se forma graduellement sous leurs pieds. Des sensations normales et pourtant si lointaines leur revinrent. Autour d'eux, le monde reprit une forme solide. Ou était-ce eux qui reprenaient forme dans le monde ? Ils n'auraient pas su le dire.

Avec inquiétude, ils se palpèrent, comptèrent leurs membres, tâtèrent leur visage. Ils s'examinèrent mutuellement du regard de la tête aux pieds. Ils avaient leurs dix doigts, leurs deux jambes aussi. Ils éprouvaient une étrange sensation de fourmillement, comme si leurs molécules s'affairaient à se replacer au bon endroit. Pendant quelques secondes, une vague sensation de nausée leur serra la gorge et un goût métallique leur traîna dans la bouche.

— Bon, dit Émilie en laissant échapper un profond soupir de soulagement. Je ne sais pas ce que ce truc nous a fait, mais au moins, tout semble être à la bonne place.

Elle se retourna. Derrière eux, plus la moindre trace de l'étrange colonne lumineuse dans laquelle ils avaient pénétré. Comme si elle n'avait jamais existé.

— Comment tu te sens ? demanda-t-elle à Félix. Parce que moi, je suis un peu amochée, là...

— Ça peut aller, répondit-il en observant l'endroit.

Ils se trouvaient au centre d'un immense couloir. Les murs étaient du même métal que les couloirs précédents, mais le plancher, lui, était recouvert d'une curieuse matière grise et spongieuse qui leur donnait l'impression de marcher sur un coussin d'air. Tout autour, une version plus faible de la même lumière bleue semblait émaner de partout à la fois, sans qu'il soit possible d'en distinguer la source. Dans l'air sec flottait une odeur d'ozone semblable à celle qui précède parfois un orage d'été, et le bourdonnement sourd qu'ils connaissaient déjà grondait toujours, en sourdine.

— Regarde la hauteur du plafond, commenta Félix en renversant la tête vers l'arrière. Il doit bien avoir une vingtaine de mètres.

— On dirait du roc. Tu crois que nous sommes sous terre ?

— Ça m'en a tout l'air.

— Qu'est-ce qu'on fait ? demanda Émilie.

— Pas le choix : on continue.

Ils reprirent prudemment leur chemin, sans savoir où ils allaient, mais en gardant constamment en tête pourquoi ils devaient s'y rendre. L'image des gens qu'ils aimaient et qu'ils devaient retrouver ne les quittait pas et leur donnait le courage d'avancer dans cet univers où tout leur était étranger.

Quelque cinq cents mètres plus loin, le décor devint subitement différent. Sur les murs, des deux côtés, d'étranges alvéoles métalliques de forme allongée et recouvertes de poussière s'entassaient à la verticale les unes contre les autres. De leur sommet émergeaient des conduits d'une matière transparente qui rappelait le plastique, où bouillonnaient des liquides de différentes couleurs. Un gargouillis déplaisant se mêlait au bourdonnement qu'ils avaient presque réussi à oublier.

— Brrrr ! On se croirait dans une ruche, dit Félix d'une toute petite voix. Je n'aime pas cet endroit...

— Qu'est-ce qu'il y a là-dedans, d'après toi ? demanda Émilie.

Elle jeta un coup d'œil aux alentours. Sa curiosité prenant le dessus sur sa peur, elle s'approcha d'une des alvéoles, hésitante. Elle appliqua avec précaution une main sur la surface et ne ressentit rien de spécial. Encouragée, elle la frotta légèrement avec la paume de sa main. Sous l'épaisse poussière se trouvait une substance translucide, d'une texture indéfinissable qui semblait à la fois solide et liquide, et qui ne ressemblait à rien de ce qu'elle avait pu toucher auparavant. Lorsqu'elle la frotta un peu plus fort, ses doigts s'y enfoncèrent légèrement. Aussitôt qu'elle les retira, la substance reprit sa forme initiale.

— Beurk ! murmura-t-elle en observant ses doigts. C'est tout froid et visqueux... On dirait du caoutchouc mou.

Émilie regarda dans l'espace qu'elle avait dégagé. Comme si elle venait de recevoir une décharge électrique, elle recula brusquement et porta la main à sa bouche.

— Mon Dieu ! C'est écœurant !

Elle s'écarta.

— Regarde...

Félix s'approcha à son tour. Deux yeux éteints étaient fixés sur lui.

— Il y a quelqu'un là-dedans, bredouilla-t-il.

Surmontant leur répulsion, Félix et Émilie se mirent à frotter craintivement la surface de l'étrange alcôve et en dégagèrent une plus grande surface. À l'intérieur, un jeune homme d'une vingtaine d'années flottait mollement dans un liquide verdâtre à travers des bulles qui remontaient vers le haut. Il était vêtu d'un blouson de cuir, d'un t-shirt et d'un jeans qui rappelaient les films des années 1950. Sa peau avait la texture fripée, flasque et décolorée d'un noyé après un long séjour dans l'eau. Des blessures horriblement ulcérées recouvraient les deux côtés de son cou, ses avant-bras et son ventre, des tubes sortaient pour émerger au sommet de l'alvéole et monter vers les hauteurs de la pièce, où ils rejoignaient une multitude d'autres tubes reliés à d'autres alvéoles.

Pétrifiés, Félix et Émilie étaient incapables de détacher leur regard de la pauvre créature.

— Qu'est-ce que ça veut dire ? bafouilla Félix, épouvanté. Qu'est-ce qu'on lui a fait ? Qui a pu faire une chose pareille ?

— Ça veut dire que dans chacune de ces choses, il y a... balbutia Émilie, horrifiée, en regardant tout autour d'elle. Seigneur... Il doit y en avoir des milliers.

Félix secoua sa torpeur et se dirigea vers l'alvéole voisine, espérant de tout son cœur la trouver vide. Il allait en essuyer la surface lorsque Émilie, qui était restée derrière, l'arrêta.

— Félix, gémit-elle d'une voix tremblante en portant les mains à sa bouche. Il est vivant.

Félix se retourna. Le regard morne du jeune homme l'avait suivi. Sa main, qui flottait un instant plus tôt, s'était imperceptiblement avancée vers la paroi qu'il grattait faiblement de ses ongles pâles et décolorés. Émilie s'approcha et, combattant la répulsion qu'elle éprouvait, colla ses deux mains sur l'étrange substance translucide pour s'en faire un porte-voix.

— Monsieur ! Monsieur ! Vous m'entendez ?

Au prix de ce qui sembla être un effort surhumain, le jeune homme tourna laborieusement les yeux vers elle et remonta sa main face aux siennes. De sa bouche s'échappèrent des bulles et un son guttural qui traversa sourdement le liquide verdâtre.

— Tu penses qu'on pourrait arriver à le libérer ? demanda Émilie.

Sans attendre la réponse, elle se mit à examiner frénétiquement l'étrange contenant. Pas la moindre charnière, ni bouton, ni mécanisme... On aurait dit que la chose s'était simplement formée autour de l'homme, d'un seul bloc, et l'avait enveloppé à tout jamais.

— Mais comment ça s'ouvre, cette affaire-là ? grogna-t-elle. Il doit bien y avoir un moyen.

Félix lui posa une main sur l'épaule.

— Laisse. Regarde-le. Même si nous arrivions à le sortir de là, tu crois vraiment que nous serions en mesure de faire quoi que ce soit pour lui ? Nous ne savons même pas comment sortir d'ici. Et il ne pourrait certainement pas nous aider.

Résignée, Émilie s'interrompit.

— Allez, viens, reprit Félix. Qui sait? Peut-être que nous arriverons à trouver un moyen. Si jamais nous sortons d'ici vivants... Il doit bien y avoir quelqu'un quelque part qui a la joyeuse tâche de mettre les gens dans ces aquariums...

o

Le couloir était tapissé d'une succession ininterrompue d'alvéoles. Plus les jeunes avançaient, plus la couche de poussière était épaisse. Félix et Émilie frottèrent quelques alvéoles au hasard. À l'intérieur, les infortunés pensionnaires paraissaient provenir de toutes sortes d'époques, des plus récentes aux plus anciennes. Ils y trouvèrent des enfants en tous points semblables à eux, des *hippies* aux cheveux longs vêtus de chemises de coton indien, un homme en complet des années 1920. D'autres encore portaient des habits qu'ils n'avaient vus que dans leurs manuels d'histoire: une cuirasse de légionnaire romain, une bure de moine du Moyen Âge, une robe assyrienne, une toge grecque. Une femme en grande robe longue portait encore l'énorme perruque blanche qui était populaire à la cour du roi Louis XIV au XVIIe siècle. L'un d'eux, l'arcade sourcilière prononcée et la dentition massive, était même vêtu de peaux de bêtes. Tous, sans exception, étaient suspendus de la même façon dans le liquide verdâtre et branchés aux mêmes tubes.

— On dirait qu'on a ramassé des gens de partout sur la planète depuis des milliers d'années et qu'on les a entreposés ici, bredouilla Émilie.

Ils parvinrent à une petite section d'alvéoles remplies d'hommes et de femmes vêtus comme les paysans des années 1700.

— Tu vois celle-là ? dit Émilie, les yeux écarquillés devant une des alvéoles qu'elle venait de dépoussiérer.

Dans le liquide verdâtre flottait une jeune femme vêtue d'une longue jupe et d'une blouse de grosse toile blanche dont le style était très ancien. Ses longs cheveux noirs étaient traversés par une mèche blanche.

— C'est curieux, remarqua Émilie en l'observant attentivement. Elle me rappelle vaguement quelqu'un.

— La Marie Grandville de mon père, murmura Félix, sidéré. La sorcière de Saint-Jean-des-Bois-Francs, avec sa mèche dans les cheveux...

Ébranlés, les deux jeunes demeurèrent là, à fixer la femme sortie tout droit d'un autre âge, le visage pâle et flasque, qui semblait les observer de ses grands yeux au regard éteint. Tout à coup, elle s'anima. Péniblement, elle leva une main crispée et pointa vers sa droite et secoua presque imperceptiblement la tête de gauche à droite. De sa bouche sortit un son guttural que le liquide dans lequel elle flottait ne parvint pas à étouffer complètement. Dans ses yeux perçait la force de caractère qui était passée dans la légende.

— On dirait qu'elle essaie de nous dire quelque chose, suggéra Émilie.

Les deux jeunes continuèrent à l'observer, impuissants. Avec une inlassable insistance, et au prix d'efforts visiblement herculéens, la pauvre jeune femme reproduisit le même son. Émilie appuya l'oreille contre la paroi.

À la vue de cette jeune fille qui cherchait à l'entendre, Marie Grandville parut redoubler d'efforts pour prendre le contrôle de ses lèvres restées trop longtemps inactives. Le son qu'elle finit par produire fut plus puissant, plus clair. Puis, la sorcière de la légende devint parfaitement flasque, le menton sur la poitrine, retombée dans la catatonie où ils l'avaient trouvée.

Émilie se retira.

— Alors? demanda Félix, anxieux. Qu'est-ce qu'elle a dit?

— Gris. Elle a dit « gris »...

Les deux jeunes s'arrêtèrent pour faire le point. Ils se trouvaient à quelques dizaines de mètres seulement de l'endroit mieux éclairé qu'ils avaient aperçu lorsqu'ils s'étaient retrouvés dans cet immonde musée des horreurs. Accroupis entre deux alvéoles, ils tentèrent tant bien que mal de donner un sens à ce qu'ils venaient de voir.

— J'ai l'impression que quelqu'un a voulu constituer une collection d'êtres humains, chuchota Félix.

— Le cabinet du docteur Frankenstein et les ruelles de Jack l'Éventreur, à Londres, n'étaient rien à côté de cet endroit, acquiesça Émilie. C'est tellement affreux... Mais pourquoi quelqu'un voudrait-il faire une chose semblable? demanda-t-elle en grimaçant.

— Je ne sais pas. Il ne semble pas leur manquer de morceaux. On dirait qu'ils sont juste maintenus entre la vie et la mort. Des légumes...

Un hurlement strident fendit l'air. Leur sang se glaça.

— Ça vient de là-bas, dit Félix en alerte, en étirant le cou. Il désigna de la tête l'extrémité du couloir.

Sans faire de bruit, ils se relevèrent et s'élancèrent en direction de la zone lumineuse. Ils s'arrêtèrent à quelques mètres et se tapirent de nouveau entre deux alvéoles.

Devant eux, le couloir s'ouvrait sur un espace circulaire dont le plancher produisait une intense lumière. L'endroit était complètement vide, à l'exception d'un rectangle métallique surélevé qui semblait avoir poussé en plein centre. Ils s'apprêtaient à sortir de leur cachette pour y pénétrer lorsqu'un nouveau hurlement retentit, encore plus déchirant que le précédent. Ils se plaquèrent contre le mur en cherchant à voir d'où venait le cri.

Une sorte de table métallique apparut soudain, flottant silencieusement dans les airs. Sous un drap gris, on pouvait y deviner une forme humaine. Une *petite* forme humaine.

— Qu'est-ce que... commença Félix.

— Chut !

Quatre petits êtres s'avancèrent devant eux, suivant l'objet à la file indienne. Quatre petites choses grises... Au sommet de leurs corps chétifs à la peau complètement lisse trônaient de grosses têtes dénuées d'oreilles et traversées par une petite bouche à peine plus marquée qu'une coupure au scalpel.

Leurs grands yeux noirs et oblongs n'avaient aucune expression. Leurs mouvements étrangement saccadés rappelaient ceux d'un insecte.

Les paroles de Monsieur Bouchard et les images de ses rêves récents se bousculèrent soudain dans l'esprit de Félix. *C'était comme gris avec une grosse tête, pis des gros yeux sombres en amande. On aurait dit une mouche sur deux pattes. Une grosse maudite mouche laide pis mauvaise...* Les yeux qui le regardaient par la fenêtre de sa chambre...

— Mon Dieu, murmura-t-il.

Une des créatures fit un léger mouvement de la main et un rayon lumineux émergea d'un de ses trois doigts. Le corps, toujours recouvert du drap, fut aussitôt enveloppé d'un halo bleuté et se mit à flotter dans les airs, s'éloigna de la table, puis se posa doucement sur le rectangle de métal. De puissants projecteurs s'allumèrent au plafond. Sauf qu'il ne semblait pas y avoir de plafond... Les quatre créatures convergèrent autour du corps et se penchèrent au-dessus. L'une d'elles retira le drap et le posa sur la table de métal, qui s'éloigna ensuite d'elle-même, comme animée d'une volonté qui lui était propre. À la tête du rectangle métallique, une partie du plancher s'étira vers le haut et prit la forme d'un plateau sur lequel reposaient d'étranges instruments. Une des créatures se détacha du groupe et s'y rendit. Elle y prit une longue baguette de verre à l'extrémité de laquelle brillait une lueur orangée.

Un hurlement retentit de nouveau, aigu, terrible, débordant d'une terreur primale qui fendait l'âme. Dans l'espace laissé libre par la créature, Félix et Émilie purent apercevoir de petites jambes qui s'agitaient désespérément. Deux des créatures les immobilisèrent en tenant fermement les chevilles. L'enfant se débattait de toutes ses forces.

— Maman ! Je veux maman ! hurla une petite voix.

Félix se raidit et sentit un froid terrible lui étreindre le cœur.

— Abelle, fit-il d'une voix éteinte par l'effroi. C'est Abelle...

Il allait se précipiter au secours de sa sœur lorsque Émilie le plaqua fermement contre le sol.

— Nous ne l'aiderons pas si nous finissons sur cette table nous aussi. Tu comprends ? Tu ne peux rien faire pour le moment, lui lâcha-t-elle à mi-voix dans l'oreille.

— Je ne peux quand même pas laisser ces monstres lui faire du mal !

Même si tout son être lui hurlait de se porter au secours de sa petite sœur, Félix se fit violence et parvint à ne pas bouger. La créature qui s'était détachée du groupe revint vers la table et appliqua la baguette sur le front d'Abelle, qui se tut aussitôt. Félix pouvait apercevoir en partie son corps maintenant inerte, tout petit dans sa chemise de nuit en coton recouverte d'images de poissons multicolores. La chose se dirigea une fois de plus vers le plateau et y prit une boule de gélatine translucide, laissant entrevoir Abelle, inconsciente, des tubes lui sortant du cou, des avant-bras et du ventre.

— Ils vont l'enfermer dans une de ces horreurs, geignit Félix, toujours retenu par Émilie.

Après quelques manipulations dont le sens échappait aux deux jeunes, la créature posa la substance sur l'abdomen d'Abelle. Les quatre êtres reculèrent simultanément de quelques pas.

La gélatine frétilla, s'affaissa puis s'étira dans tous les sens pour recouvrir peu à peu le corps d'Abelle. À l'unisson, les créatures revinrent vers la table centrale. L'une d'elles en toucha l'extrémité du doigt. Le dessus du rectangle métallique se détacha, puis se releva à la verticale. Un liquide verdâtre coula entre le corps d'Abelle et la couche gélatineuse qui l'enveloppait. Une alvéole semblable à celles qu'avaient vues Émilie et Félix était maintenant en place, et Abelle y flottait, inerte, toute menue et fragile. Une des créatures étendit les doigts et ce geste sembla lui permettre de contrôler l'alvéole, qui se mit à glisser devant elle à quelques centimètres du sol. Elle disparut dans un des multiples couloirs qui irradiaient à partir de l'espace central.

Les trois autres créatures continuèrent un moment à vaquer à des occupations que Félix et Émilie ne parvenaient pas à saisir puis, de manière toujours parfaitement synchronisée, elles prirent la direction où Abelle venait d'être emportée. Les projecteurs s'éteignirent et le plateau réintégra le plancher. La table métallique était luisante de propreté et l'endroit était vide.

— Seigneur, murmura Émilie. Ils vont la placer avec les autres...

— Et parmi ces autres, il y a sans doute mes parents et ta mère, compléta Félix.

3

SUITE ET POURSUITE

Malgré ses quatre-vingt-onze ans, Edmond-Louis Bouchard était très actif. Tous les jours, pendant une heure ou deux, il jardinait dans son petit potager à l'arrière de la maison, sarclant les mauvaises herbes, renchaussant les légumes. Mais aujourd'hui, cette activité ne lui avait pas procuré beaucoup de plaisir.

La veille, avant de se mettre au lit, alors qu'il buvait son petit verre de gin comme tous les soirs, il s'était approché de la fenêtre pour respirer l'air frais et il les avait vues. Les lumières bleues. Elles tournoyaient follement à l'horizon, au-dessus des arbres, sur les bords du lac Rond. Comme les autres fois... Ça n'avait duré qu'une minute, mais il les avait vues, il l'aurait juré sans aucune hésitation sur la Sainte Bible. Et rien de bon n'était jamais arrivé à Saint-Jean-des-Bois-Francs lorsque ces choses s'étaient montrées. Le village était maudit et les villageois ne le savaient même pas! Monsieur Bouchard n'avait pratiquement pas dormi de la nuit.

Maintenant, il était assis à la table de cuisine devant une assiette de fèves au lard en conserve froides. Ces jours-ci, c'était souvent comme ça qu'il soupait. Il avait rarement faim. Il pensait à sa pauvre Jeannette, qui était morte voilà près de vingt ans... Elle lui aurait sans doute dit qu'il devait manger, qu'il fallait voir à sa santé. Mais Jeannette n'était plus là. Luc non plus. Il était seul avec ses histoires que personne ne voulait plus entendre...

Il avait le ventre noué par le souvenir de son petit Luc qui lui était revenu avec une intensité renouvelée depuis qu'il avait aperçu ces choses. Et par la peur, aussi. Une peur viscérale qu'on éprouve quand on sait que quelque chose de terrible se prépare et qu'on ne peut rien faire pour l'empêcher.

Évidemment, en plein jour, il se demandait s'il n'avait pas été victime d'une hallucination. Après tout, c'est ce que tout le monde disait à Saint-Jean-des-Bois-Francs. Le bonhomme Bouchard et ses hallucinations... Peut-être qu'ils avaient raison. Mais accepter que les lumières bleues n'existaient pas, c'était trahir la mémoire de son petit Luc et de sa pauvre Jeannette, qui était morte usée par la peine et la douleur. C'était admettre que Luc était disparu sans raison.

Et c'était devoir vivre en sachant qu'il ne pourrait jamais empêcher d'autres personnes de disparaître à Saint-Jean-des-Bois-Francs.

Maintenant que le jour achevait, la peur revenait de plus belle. Quelque chose se passait. Il le sentait dans ses vieux os. « J'ai plus l'âge d'être tendu comme une corde de violon ; me semble que j'ai ben mérité un peu de tranquillité », se disait-il. Mais il était incapable de se calmer.

Monsieur Bouchard laissa échapper un soupir que ses bronches transformèrent en râle glaireux. Il enleva ses grosses lunettes à monture de corne brune et se frotta lentement les yeux. Il passa sa main dans les quelques cheveux qui s'accrochaient encore à son crâne en tentant de soupeser calmement la situation. En remettant ses lunettes, il regarda distraitement vers le téléphone et remarqua que le petit voyant rouge clignotait. Sans doute le CLSC qui l'appelait encore pour qu'il aille faire prendre sa tension artérielle... Ces gens-là ne voulaient pas comprendre qu'on peut avoir quatre-vingt-onze ans sans avoir besoin d'une armée d'infirmières et de travailleurs sociaux juste pour exister. Il était même capable de faire fonctionner sa machine à messages tout seul ! Il soupira et se leva. Il écouterait le message et l'effacerait, comme d'habitude... Il composa le code d'accès de sa boîte vocale et une voix mécanique lui annonça qu'il avait un message. Il fit deux fois le chiffre 1 et écouta. Son sang se glaça.

— *Monsieur Bouchard ? C'est Félix. Félix Grenier, le fils du professeur Grenier. Vous savez, celui à qui vous racontez vos histoires ? Nous nous sommes parlé l'autre jour. Mon amie Émilie était avec moi. Monsieur Bouchard... Émilie et moi, nous avons vu les lumières dans la forêt cette nuit. Elles nous ont couru après. Nous avons passé la nuit dans une caverne avec un squelette... Lorsque nous sommes revenus au chalet ce matin, il n'y avait personne.*

La voix du jeune garçon hésita.

— *Nous avons vraiment peur et nous ne savons pas quoi faire. Nous avons besoin d'aide. Rappelez-nous si vous prenez le message, d'accord ?*

Monsieur Bouchard resta figé, l'appareil téléphonique dans la main. Qu'est-ce qu'il avait à perdre ? Il avait quatre-vingt-onze ans bien sonnés. Il était seul dans la vie. Il avait mal partout. Si le bon Dieu avait jugé utile de le garder en vie tout ce temps au lieu de lui permettre de se reposer, il devait bien y avoir une raison... Ces enfants avaient besoin d'aide et personne d'autre que lui ne les prendrait au sérieux.

Il saisit la canne qu'il avait appuyée contre le rebord de la table. D'un pas hésitant, il se dirigea vers le placard au fond du corridor et l'ouvrit. Il y prit un vieux fusil qu'il avait toujours soigneusement entretenu. Juste au cas... Il se rendit dans la cuisine et retrouva la boîte de balles qu'il y gardait. Il ouvrit le canon du fusil et y plaça deux balles. « Calibre 12. Ça fait un méchant trou dans n'importe quoi, ça. Même dans des grosses maudites mouches... »

Monsieur Bouchard sortit de la maison. Il monta dans son vieux camion modèle 1979 et s'assit en grimaçant, puis déposa son fusil et sa canne sur le sol, devant la banquette. Il vérifia le contenu de la boîte à gants. La lampe de poche y était et ses piles étaient neuves. Il démarra dans un nuage de fumée huileuse et recula jusqu'à la rue. Il s'arrêta un instant pour regarder sa maison. Il ne la reverrait peut-être plus jamais... Le vieil homme secoua la tête pour chasser ses idées noires. Il avait quelque chose de plus important à faire. Dans une trentaine de minutes, il serait sur les bords du lac Rond. Il aurait encore quelques heures avant qu'il ne fasse complètement noir.

o

Félix et Émilie attendirent longtemps avant de sortir de leur cachette. Lorsque le calme leur parut devoir durer, ils se consultèrent du regard et s'avancèrent prudemment vers l'espace laissé libre par les créatures, s'assurant à chaque pas qu'aucune d'entre elles ne reviendrait les surprendre. Dans les oreilles de Félix résonnaient encore les horribles cris de sa sœur. Le sentiment d'impuissance qu'il avait éprouvé lorsqu'elle avait été emmenée lui donnait la nausée.

Ils parvinrent devant la table métallique sur laquelle les créatures avaient tenu Abelle allongée. C'était le seul meuble. Sur le sol, près de la table, Félix aperçut un morceau de la substance gélatineuse qui avait enveloppé sa sœur. Il se pencha pour la ramasser. Il l'avait à peine saisie qu'elle se mit à frétiller et enveloppa aussitôt deux de ses doigts. Pris de panique, il l'arracha et la lança de l'autre côté de la pièce, où elle remua encore quelques instants sur le sol avant de redevenir inerte.

— Tu as vu ça ? demanda-t-il à Émilie. On dirait que cette chose est... vivante.

— Je crois qu'il vaut mieux ne toucher à rien, répondit-elle en jetant un regard inquiet vers le petit morceau de matière gélatineuse.

Tout autour, tels les fils d'une toile d'araignée dont ils auraient été au centre, des couloirs absolument identiques, tapissés d'alvéoles remplies d'humains, essaimaient dans toutes les directions.

— Je crois que la seule chose à faire, c'est de suivre Abelle et ces... choses, suggéra Félix.

— Ils sont partis par là, dit Émilie en indiquant le couloir qui se trouvait devant la table de métal. Enfin, je crois...

Ils s'engagèrent dans le passage.

Lorsque Monsieur Bouchard arriva en vue des chalets du lac Rond, il fut étonné d'apercevoir une voiture de police, les gyrophares allumés, devant le chalet du professeur Grenier. « Ah ben... se dit-il avec espoir. Dis-moi pas que la police a fini par comprendre le bon sens, pis qu'elle enquête sur les lumières. Coudon, après cinquante ans, c'est pas trop tôt. » Il gara son camion dans l'entrée des Grenier et en descendit péniblement, après avoir pris soin de bien pousser son fusil sous le siège du conducteur. « Faudrait quand même pas qu'ils pensent que je suis un fou dangereux », se dit-il en souriant intérieurement. « Juste un vieux fou pas dangereux... » En s'appuyant sur sa canne, il gravit lentement la petite côte qui menait au chalet et rejoignit les deux policiers — une jeune femme et un colosse pas tellement plus vieux qu'elle, mais qui passait à peine dans un cadre de porte. Ils discutaient au pied du balcon.

— Tiens, monsieur Bouchard, dit la policière. Qu'est-ce qui vous amène par ici ?

— Oh... Rien de ben terrible, répondit-il en hésitant un peu. Je venais juste jaser avec le professeur Grenier. Vous savez ben... Il aime mes vieilles histoires, lui. Paraît que c'est utile pour ses cours à l'université. Ça fait que je lui en raconte. À mon âge, y a pas grand-chose d'autre à faire.

— Aviez-vous rendez-vous avec lui ? demanda le colosse, l'air intéressé.

— Rendez-vous ? Non. Mais y fait beau, pis j'avais le goût de me dégourdir un peu les jambes après le souper. Ça fait que je me suis dit que je passerais voir s'il était là. Pourquoi ? Y lui est pas arrivé quelque chose, toujours ?

— C'est ce dont nous voulons nous assurer, répondit la policière.

Elle lui résuma l'appel de Félix, puis la visite de routine qu'ils avaient faite sur les lieux en matinée: l'égarement des deux jeunes dans la forêt, les lumières bleues qu'ils disaient avoir vues la veille au soir, le cadavre qu'ils prétendaient avoir découvert dans une caverne, leur retour à la maison, les parents absents...

— Nous leur avions promis que nous repasserions en fin de journée pour nous assurer que tout allait bien, poursuivit la policière. Les jeunes ne sont plus là et on dirait que leurs parents ne sont jamais revenus. C'est un peu étrange, quand même. Je commence à me demander s'il n'y avait pas un peu de vrai dans leur histoire.

— Ah ben! ricana Monsieur Bouchard pour masquer son sentiment d'urgence. Ces jeunes-là, y regardent trop d'affaires à la télé, pis sur leurs ordinateurs, hein? Pas surprenant qu'ils racontent des histoires à coucher dehors après. Moi, j'vous dis, ils font trop d'Internet...

— Ouais, répondit le colosse. J'espère que ce n'est que ça.

Il se tut et consulta silencieusement sa collègue du regard.

— Écoutez, dit-il. Nous allons vérifier le long du chemin, au cas où ils seraient seulement partis faire une promenade. Ça vous dérangerait beaucoup de rester ici jusqu'à notre retour? Comme ça, si jamais quelqu'un se pointe, vous pourrez leur demander de rester sur place jusqu'à ce que nous puissions leur parler et clarifier cette affaire une fois pour toutes.

— Pantoute, pantoute, répondit Monsieur Bouchard. C'est pas comme si j'avais autre chose à faire. À mon âge, vous savez, quand on peut être encore utile... Tiens, je vas juste m'asseoir sur leur balcon, là, et je vas vous attendre.

— C'est très gentil, monsieur Bouchard. Nous serons de retour dans une heure tout au plus.

— J'vas vous surveiller ça comme une vraie police, moi, cette place-là.

Les deux policiers sourirent et se dirigèrent vers leur auto-patrouille. Monsieur Bouchard fit mine de s'engager dans l'escalier du balcon pendant qu'ils faisaient marche arrière dans l'entrée. L'auto-patrouille s'éloigna dans un nuage de poussière sur le chemin de campagne. Aussitôt qu'il l'eut perdue de vue, Monsieur Bouchard rebroussa chemin et, aussi rapidement qu'il le pouvait, se dirigea vers son camion.

Le couloir était vide. Contrairement aux autres, aucune alvéole au contenu repoussant ne venait interrompre la monotonie des murs au fini métallique. Il y faisait si sombre que Félix et Émilie devaient presque marcher à tâtons, les mains tendues devant eux. Seule la lumière de la salle d'où ils arrivaient les éclairait un peu de l'arrière, faiblissant à mesure qu'ils avançaient. Une brillante lumière jaillit tout à coup à quelques mètres sur leur gauche. Ils s'arrêtèrent net, les sens aux aguets.

— Tu entends ? demanda Émilie.

Au loin, à travers le bourdonnement ambiant, d'étranges bruits semblables au gazouillis d'un immense vol d'oiseaux se firent entendre. Prudemment, ils se remirent en marche.

Monsieur Bouchard avait pris son fusil dans son camion, puis s'était engagé dans le petit sentier qui partait du chalet des

Grenier. Appuyé sur sa canne, son fusil sur l'épaule, il progressait difficilement entre les racines qui risquaient de le faire trébucher. Il s'arrêtait souvent pour reprendre son souffle, essuyant la sueur sur son visage avec la manche de sa chemise à carreaux.

Après avoir marché pendant ce qui parut une éternité à ses vieilles jambes, il remarqua, sur sa droite, des branches brisées. Avec sa canne, il les écarta pour voir plus loin. « On dirait que quelqu'un est passé par là », se dit-il. Il quitta le sentier et s'engagea entre les arbres.

Avec une extrême prudence, Félix et Émilie s'approchèrent d'une ouverture située sur la gauche dans le couloir. La lumière intense qui en émanait les rendait dangereusement visibles. Ils se tenaient le dos fermement collé contre le mur, près de l'ouverture. Mobilisant chaque gramme de courage qu'il lui restait, Émilie s'étira le cou et jeta un coup d'œil furtif à l'intérieur. Elle ramena aussitôt la tête et, regardant droit devant elle, les yeux écarquillés, elle avala bruyamment, incapable de produire le moindre son.

— Quoi ? Qu'est-ce que tu as vu ? murmura Félix avec insistance. Mais dis quelque chose à la fin !

— Ils sont là, finit-elle par chuchoter.

— Qui ?

— Ma mère, tes parents, Abelle... Ils sont tous là.

Félix changea de place avec sa copine et risqua à son tour un coup d'œil. Sa mère, sa sœur et Madame Saint-Jacques étaient alignées contre un mur, flottant endormies dans des alvéoles identiques aux centaines d'autres qu'ils avaient vues et aux milliers d'autres que contenait sans doute cet endroit. Non loin d'elles, les quatre mêmes créatures s'affairaient autour de son père. Horrifié, Félix constata qu'un tube enfoncé dans sa tempe était relié à une boîte de métal surmontée d'un grand écran sur lequel des colonnes de caractères étranges défilaient rapidement et sans interruption. Félix se retira.

— Mon Dieu ! Qu'est-ce qu'ils leur font ? demanda-t-il la gorge serrée. Qu'est-ce qu'on va faire?

Avant qu'Émilie ne puisse répondre, un étrange gargouillis provint de la pièce. Félix risqua de nouveau un regard. Le câble s'était débranché de son père et rentrait de lui-même dans l'étrange machine. Une des créatures agita une fine baguette métallique et les alvéoles contenant sa famille et la mère d'Émilie se mirent à flotter dans les airs. Tenant la baguette à la verticale, la créature se dirigea vers la porte.

Affolés, Émilie et Félix cherchèrent un endroit où se cacher, mais, hormis cette ouverture, les murs du corridor étaient parfaitement lisses. Désespérés, ils restèrent plaqués contre le mur, à droite de la porte, et retinrent leur souffle. Les lampes s'éteignirent. Dans le noir, les quatre alvéoles émergèrent, flottant toujours à quelques centimètres du sol, suivies de la créature qui tenait toujours la baguette devant elle. Le groupe tourna vers la gauche, suivi des trois autres créatures. Les petits êtres gris passèrent si proche que Félix put sentir leur odeur — un étrange musc animal, chaud et puissant, inclassable. Tous disparurent bientôt au loin dans le corridor sans que la présence des deux enfants ait attiré la moindre attention. À tâtons, Félix et Émilie entrèrent dans la pièce.

Depuis des heures, la forêt faisait subir un véritable martyre à Monsieur Bouchard. Haletant, une main appuyée sur sa canne, l'autre tenant son fusil, le vieil homme n'arrivait pas à se protéger des branches qui le fouettaient cruellement. Des perles de sang suintaient des longues égratignures sur ses mains, ses avant-bras et son visage. Il titubait. Ses jambes tremblaient de fatigue et, sans s'en rendre compte, il gémissait piteusement, au bord de l'épuisement. De temps à autre, une douleur sourde lui serrait la poitrine et irradiait jusque dans son bras gauche.

Il s'arrêta pour reprendre son souffle et regarda le ciel à travers la cime des arbres. Il avait encore une bonne heure de clarté avant que la noirceur ne tombe. Avant les lumières...

De retour de leur patrouille infructueuse, la policière et son collègue trouvèrent le chalet des Grenier abandonné. Perplexes, ils se tenaient debout devant le bâtiment. Ils n'avaient vu personne le long de la route et, parmi tous ceux qu'ils avaient interrogés, personne n'avait aperçu les

Grenier ou les Saint-Jacques dans les vingt-quatre dernières heures. Et maintenant, voilà que Monsieur Bouchard ne se trouvait plus là où il avait promis de rester jusqu'à leur retour.

— Ça nous a pris presque trois heures... Il s'est peut-être lassé d'attendre, le pauvre vieux, suggéra le colosse, en consultant sa montre.

— À son âge, il n'est quand même pas reparti à pied, répliqua sa collègue en désignant d'un geste le camion de Monsieur Bouchard, toujours garé au pied de l'entrée. La policière redescendit d'un pas déterminé vers l'auto-patrouille. Elle ouvrit la portière et allait saisir l'appareil radio pour contacter le poste lorsque la voix de son collègue, remplie d'une tension inhabituelle, l'arrêta net.

— Tu vois ce que je vois ? demanda-t-il.

La policière se retourna. Dans le ciel presque noir, des sphères lumineuses tournoyaient et virevoltaient en un gracieux ballet. L'une d'elles descendit en piqué vers son collègue et lui effleura la tête, puis monta rejoindre les autres. Alarmé, le colosse dégaina aussitôt son arme et se plaça en position de tir, jambes écartées, la main gauche soutenant le poignet droit. Avant qu'il ne puisse décider s'il devait faire feu ou simplement observer l'étrange phénomène, une des sphères redescendit, se posa sur sa tête et l'enveloppa. Sa collègue vit son corps se raidir et son regard devenir fixe et vide. Elle eut à peine le temps de se précipiter dans l'auto-patrouille. Avant qu'elle ne puisse refermer la portière, le monde autour d'elle prit une teinte bleutée et une immense sensation de calme pénétra toutes les fibres de son être. Elle sortit de la voiture et se dirigea vers la forêt à la suite de son collègue. Chez les Grenier et les Saint-Jacques, la chaude soirée d'été était parfaitement tranquille. La forêt semblait endormie. Aucun criquet ne chantait.

Émilie et Félix observaient l'écran qui se trouvait sur la machine. À sa surface ondulaient paresseusement des traînées lumineuses aux teintes de néon.

— Je me demande ce que c'est, réfléchit Émilie.

— Une sorte d'ordinateur? tenta Félix en haussant les épaules. En tout cas, ils l'ont branché à mon père et ce qui déroulait sur l'écran avait bien l'air de données. Enfin, c'était des barbouillis, mais...

Émilie s'avança et, avec une infinie prudence, toucha du bout des doigts la surface de l'écran. Le curieux gazouillis reprit aussitôt, mais très faiblement. Les traînées lumineuses s'agitèrent dans toutes les directions pour revenir ensuite se concentrer autour de son index, comme en attente. Elle retira ses doigts. Les vers lumineux reprirent immédiatement leur ondulation et le son s'arrêta.

— Tu as vu ? lança Émilie.

Elle effleura l'écran du plat de la main, sans entrer en contact avec la surface. Les vers suivirent docilement son mouvement de va-et-vient.

— Si seulement il ne faisait pas si sombre ici, dit-elle.

Les vers se mirent aussitôt à clignoter dans un arc-en-ciel de couleurs et à grouiller dans tous les sens. Lorsqu'ils s'arrêtèrent, la pièce était faiblement éclairée ; juste assez pour que les deux adolescents puissent se voir.

— On dirait que ce truc a compris ce que tu désirais, remarqua Félix en tournant la tête dans toutes les directions.

— Hmmm... Attends un peu...

Émilie replaça sa main au-dessus de l'étrange appareil, ferma les yeux et se concentra. Le même mouvement se produisit à la surface de l'écran, accompagné du même bruit. La lumière fluctua, augmenta, s'éteignit, puis revint à son intensité initiale.

— C'est toi qui as fait ça? demanda Félix, éberlué.

— On dirait...

— Tu penses qu'on peut faire autre chose? Peut-être que ça contient de l'information qui nous permettrait de comprendre ce qui se passe ici.

— Ou de savoir comment sortir nos parents de ce fouillis de morts-vivants...

Émilie remit sa main au-dessus de l'écran, ferma les yeux et se concentra. Au bout d'un instant, sa main puis son avant-bras semblèrent se dissoudre et ne faire plus qu'un avec les étranges traînées lumineuses. Le corps d'Émilie tressaillit puis, alors même que les vers lumineux à la surface de l'écran se stabilisaient, se détendit. Un faible sourire de ravissement traversa le visage de la jeune fille, qui leva les yeux vers le plafond. Puis, elle sembla recevoir une immense décharge d'énergie et tout bascula.

Monsieur Bouchard émergea entre deux arbres et s'effondra sur le sol, haletant. Il demeura longtemps par terre, le visage dans l'herbe, râlant, une douleur persistante lui écrasant la poitrine. Son vieux cœur reprit peu à peu un rythme plus normal. Au prix d'un énorme effort, le vieillard parvint à s'asseoir, sa canne et son fusil près de lui. Il se trouvait dans une clairière qu'il n'avait jamais vue auparavant. Il allait se relever lorsqu'une lueur bleue traversa la nuit à l'autre bout de la clairière. Malgré ses courbatures, il se jeta au sol et se camoufla tant bien que mal dans les hautes herbes. Prudemment, il écarta l'épais rideau végétal pour observer les environs.

À quelques mètres de lui, les deux jeunes policiers qu'il avait rencontrés chez les Grenier quelques heures plus tôt émergèrent de la forêt. Ils avançaient tels des automates, le pas saccadé, le corps rigide. Leur tête semblait enveloppée dans une substance gélatineuse qui émettait une lueur bleue. Monsieur Bouchard les regarda s'éloigner et entrer dans une caverne qu'il n'avait pas remarquée dans la pénombre. Quelques sphères bleues sortirent d'entre les arbres et virevoltèrent un instant dans les airs, telles des sentinelles observant les alentours, avant de s'engouffrer dans l'ouverture. Puis, tout redevint noir.

Monsieur Bouchard se leva, toutes les articulations de son corps le suppliant de leur accorder du repos. S'appuyant lourdement sur sa canne, son vieux fusil dans le creux du bras, il prit une grande inspiration qui lui brûla les poumons et, à la clarté de la lune, se dirigea vers la caverne.

Il alluma son briquet, tendit la flamme devant lui et entra. Dans la lueur vacillante, il aperçut des dessins sur une des parois et s'en approcha. « T'as pas le temps de niaiser devant des images, Edmond-Louis, se dit-il. Faut retrouver les petits. » Il reprit son chemin vers les profondeurs de la caverne. Tout à coup, son vieux cœur s'arrêta presque de battre.

Devant lui se trouvaient les restes de Julien Leroux. Malgré les circonstances, le vieil homme ressentait un calme étrange. Après cinquante années d'incertitude, ce cadavre était la preuve qu'il n'était pas cinglé, quoi qu'en disent les autres. Il se souvenait d'avoir vu le nom de ce Leroux dans le journal du village, à la Société d'histoire. Et voilà qu'il le retrouvait, crucifié dans le roc. Il soupira, appuya sa canne contre la paroi du rocher et prit son fusil à deux mains. Il reprit sa route.

Monsieur Bouchard suivit les traces de pas sur le sol. La douleur qui lui sciait le dos le fit résister à l'envie de se pencher pour mieux les observer. Il s'arrêta un instant et examina le contour d'une des empreintes. Une espadrille. Les deux jeunes étaient passés par ici. Ses vieilles jambes retrouvèrent de la vigueur. Il suivit les empreintes jusqu'au fond de la caverne et se retrouva face à une paroi solide sous laquelle les traces de pas semblaient continuer. Intrigué, il promena la flamme de son briquet pour mieux voir. La paroi remonta vers le haut dans un sifflement d'air comprimé qui le fit sursauter.

Une fois le moment de surprise passé, il s'engagea dans un étrange couloir, puis dans un autre... Il n'y avait plus d'empreintes de pas, mais il savait qu'il allait dans la bonne direction. Lorsqu'il arriva devant une étrange colonne lumineuse, c'est à peine s'il hésita. « Mourir ici ou ben mourir ailleurs, avec le temps qu'y me reste... », soupira-t-il intérieurement. La lumière l'enveloppa.

4

INTERFACE

La poitrine comprimée par l'angoisse, Félix observait Émilie. Le corps de son amie s'était tendu et ses yeux étaient révulsés. Un léger tremblement agitait la main qui était en contact avec l'écran.

— Émilie ? Tu m'entends ? demanda-t-il sans résultat.

Autour d'Émilie, la pièce avait disparu. Curieuse, elle leva sa main devant ses yeux pour l'observer. Elle remarqua avec détachement que son corps était translucide, comme si elle n'était que partiellement là. Un vague souvenir de Félix lui revint un bref instant et s'évanouit aussitôt.

Monsieur Bouchard claudiquait dans le couloir bordé d'alvéoles. Une fois passée la surprise qu'il avait ressentie en se matérialisant dans cet endroit sinistre, il s'était mis à suivre Félix et Émilie à la trace, s'arrêtant devant chacune des alvéoles qu'ils avaient frottées. Le cœur lui manqua presque lorsqu'il constata ce qui se trouvait à l'intérieur. D'un arrêt à l'autre, l'horreur grandissait en lui. « Tous ces pauvres diables... enfermés comme des bibittes dans des cruchons... », songeait-il avec dépit. Puis, avec affolement, il pensa à Luc et se mit à frotter frénétiquement les alvéoles les unes après les autres. Ses mains calleuses furent bientôt noircies par la poussière. Il commençait à espérer que son fils n'avait pas subi le même sort que tous ces gens. Qu'il s'était bel et bien perdu en forêt. Qu'il y était mort de froid, ou dévoré par une bête, ou même assassiné. Tout était préférable à ça. Il frotta une autre alvéole. Une de trop.

Luc était là, la chair flasque, flottant dans le liquide verdâtre. Il avait toujours quatorze ans. Il portait les mêmes vêtements que le jour où il avait disparu. Monsieur Bouchard gémit et se mit à gratter la paroi gélatineuse. Il appela, implora, cajola... Il frappa, frappa... Les yeux de Luc demeuraient fermés. Monsieur Bouchard l'observa longtemps, tendrement, sans même sentir les grosses larmes qui suivaient les sillons que le temps avait creusés sur son visage.

Tous ces gens étaient encore vivants. Son petit Luc aussi, sans doute. Il en avait même vu quelques-uns bouger. Mais la mort valait infiniment mieux que cette existence. Le vieil homme se raidit, fit quelques pas vers l'arrière et pointa son fusil vers les conduits au sommet de l'alvéole. Il inspira profondément pour calmer le tremblement de ses mains. Il appuya sur la gâchette. L'écho de la détonation se perdit dans l'immensité de l'endroit. Le liquide cessa de bouillonner et les dernières bulles remontèrent vers le sommet pour disparaître. Rien dans l'apparence de Luc ne changea.

Monsieur Bouchard s'assit par terre, la joue contre ce qui serait le tombeau de son fils. Cinquante ans presque jour pour jour après sa disparition, il avait finalement droit à son dernier repos. Le vieillard se laissa secouer par les sanglots. Il pleura cinquante longues années de larmes.

Ce fut le souvenir des Grenier et des Saint-Jacques qui le ramena à la raison. Il ne pouvait plus rien faire pour son pauvre petit, mais peut-être était-il encore capable d'empêcher que d'autres ne subissent le même sort. Il ramassa son fusil et, péniblement, il se releva. Il déboutonna sa chemise et retira la chaîne qu'il portait toujours, sur laquelle était passé le crucifix en argent qui avait appartenu à sa mère. Avec une infinie tendresse, il le déposa sur le sol, aux pieds de la dépouille de son fils.

Il ouvrit le canon de son fusil, en retira la cartouche utilisée et la jeta par terre. Il fouilla dans sa poche, en inséra une nouvelle et referma son arme. Puis, il se remit en marche. Il avait encore des choses à accomplir, si Dieu voulait bien l'aider. Ensuite, il se reposerait. Avec Luc.

Émilie, la respiration de plus en plus saccadée, ne semblait rien entendre. Félix étouffait d'impuissance. Il regarda désespérément autour de lui, à la recherche de quelque chose — un bâton, un meuble, n'importe quoi — qu'il aurait pu utiliser pour détruire cette machine et libérer son amie. Mais la fichue pièce était complètement vide. Un gémissement lui fit tourner la tête.

Les contours de la tête d'Émilie devinrent tout à coup flous. L'étrange phénomène se propagea lentement, couvrant son visage, puis ses épaules et son torse, pour finalement glisser le long des jambes et des pieds. Les yeux écarquillés, Félix vit le corps de son amie s'estomper. Elle était là, mais sans l'être complètement. À travers Émilie, il pouvait voir l'autre côté de la pièce.

Félix s'approcha d'Émilie. Il posa délicatement la main sur son avant-bras rigide. L'espace d'une seconde, le visage de son amie se crispa. Il ressentit aussitôt un étrange picotement lui parcourir les doigts, puis monter le long de son bras et courir le long de son cou. Il essaya de retirer le bras, tira de toutes ses forces, sans le moindre effet. La chose le tenait fermement. La sensation pénétra son oreille et sembla se loger au centre de sa tête. Puis, tout bascula.

Monsieur Bouchard se tenait dans l'embrasure d'une étrange pièce dont le seul meuble était une table métallique rectangulaire. Des couloirs qui lui semblaient tous pareils partaient dans toutes les directions et il ignorait lequel prendre. Il se sentit tout à coup vidé, au bout du rouleau. Il allait se laisser glisser le long du mur et abandonner. Il irait retrouver Luc et Jeannette et il serait enfin tranquille pour l'éternité. Quelle idée l'avait pris, aussi, de s'imaginer qu'il pouvait jouer aux héros à quatre-vingt-onze ans ? À son âge, il aurait mieux valu laisser ça à d'autres.

Un léger bruissement le sortit de son découragement. Monsieur Bouchard se raidit et recula dans le couloir d'où il était sorti. Il se cacha entre deux alvéoles, son fusil prêt à faire feu s'il devait se défendre. Il vit émerger d'un autre couloir quatre petites créatures grises à la tête disproportionnée et aux grands yeux noirs en amande. Au milieu d'elles, deux tables de métal flottaient toutes seules dans les airs, transportant chacune un corps inanimé. « Les mouches... se dit-il. Les grosses maudites mouches qui m'ont pris mon Luc... » Une colère aussi immense que le vide laissé dans son cœur par la mort de son fils s'éveilla aussitôt en lui.

Les créatures passèrent devant lui sans même le regarder, comme concentrées sur une tâche unique. Monsieur Bouchard put entrevoir les corps qui gisaient sur les tables : les deux policiers qui lui avaient demandé de faire le guet chez les Grenier quelques heures plus tôt ! Ils étaient étendus sur le dos, en uniforme, enveloppés d'une curieuse substance gélatineuse. Ils semblaient dormir profondément.

Les petits êtres gris et leurs captifs se dirigèrent vers la pièce centrale. Quelques instants plus tard, de brillantes lampes s'y allumèrent. Il attendit quelques minutes et, prudemment, il s'approcha, un sourire cruel plissant son visage ridé. Il allait au moins s'offrir le plaisir d'emporter quelques mouches avec lui...

Félix était complètement désorienté. Le temps n'avait plus d'importance. Il se tenait dans un espace d'un blanc immaculé, sans lumière ni pénombre, qui semblait s'étirer à l'infini dans toutes les directions. Autour de lui, aucun mur, aucune cloison, aucun horizon ne lui fournissait le moindre repère. L'angoisse lui noua la gorge.

— Félix ! résonna la voix d'Émilie amplifiée par l'écho.

Il se retourna. Sur sa gauche, un peu en retrait, se tenait Émilie. Félix l'observa, bouche bée. On aurait dit une projection holographique.

— Émilie ? demanda-t-il, inquiet. Tu te sens bien ? Tu es... translucide.

Il eut le réflexe d'avancer la main vers l'épaule de son amie, autant pour se rassurer que parce qu'il ressentait un immense besoin de contact humain dans cet endroit tout à fait étranger. Sidéré, il vit ses doigts et son bras, immatériels, passer à travers le corps d'Émilie sans rencontrer la moindre résistance. Il releva vers elle un regard ahuri.

— Qu'est-ce que ça signifie? dit Félix d'une voix tremblante. Nous n'avons pas de substance... On dirait des images digitales... Je ne sens pas mon corps.

— Qu'est-ce que nous sommes devenus? soupira Émilie. Comment on va sortir d'ici?

Droit comme un chêne centenaire, Monsieur Bouchard se tenait dans l'embrasure de la porte, son fusil en joue et le doigt sur la gâchette. Les créatures ne lui prêtaient pas la moindre attention. Elles s'affairaient près du corps inanimé du policier. Autour de lui, la substance gélatineuse frétillait légèrement. Sa collègue était déjà dans une alvéole, flottant dans cet affreux liquide verdâtre traversé par des bulles. Une des créatures agita une baguette métallique et le policier se retrouva bientôt flottant dans les airs. Une alvéole se forma autour de lui en produisant un bruit visqueux.

La colère comprimait tant la poitrine du vieillard qu'elle l'empêchait presque de respirer. La créature fit un petit geste de sa baguette et les deux alvéoles se mirent à flotter lentement en direction de la porte — vers Monsieur Bouchard.

La créature qui se trouvait à l'avant du macabre cortège s'arrêta net, fixant sur Monsieur Bouchard ses yeux sombres et froids. Elle inclina légèrement la tête sur la gauche et parut indécise. La haine, la peur et l'instinct de survie s'emparant de lui, le vieillard appuya sur la gâchette. La grosse tête de la chose vola aussitôt en éclats, pulvérisée par le projectile de calibre douze. De petites mottes d'une substance rosée et visqueuse étaient éparpillées çà et là sur les murs et sur le plancher.

Monsieur Bouchard mit en joue la créature qui tenait la baguette de métal. Au même moment, une petite lumière bleutée très brillante émana de l'extrémité de l'objet. Il appuya de nouveau sur la gâchette, un sourire sadique sur les lèvres.

— Tiens, maudite saleté... Ça, c'est de la part de mon Luc.

À l'unisson, les deux autres créatures se dirigèrent vers lui. Il appuya sur la gâchette. Son arme n'émit qu'un clic sinistre. Il était à court de munitions. Instinctivement, il porta la main à la poche de son pantalon, tâtant les cartouches de réserve qui s'y trouvaient. Il n'aurait jamais le temps de recharger son fusil. Les petits êtres gris s'approchaient. Monsieur Bouchard retourna son arme et la saisit par le canon encore brûlant. Il s'avança, son arme au-dessus de la tête, et se mit à asséner de grands coups de crosse aux créatures. À chaque élan, des paroles vengeresses lui éclataient dans la tête. « Tiens ! Ça, c'est pour ma Jeannette, que vous avez fait mourir de peine ! Pis ça, c'est pour moi ! »

Monsieur Bouchard perdit la notion du temps. Lorsqu'il reprit ses esprits, les deux petits êtres gisaient sur le sol, sauvagement mutilés. Le souffle court, la respiration sifflante, le vieil homme s'appuya contre le mur. Les cadavres étranges qui jonchaient le sol ne lui procuraient que du plaisir. Il espérait déjà rencontrer d'autres créatures et leur faire subir le même sort.

Puis, sa colère se dissipa et il reprit ses esprits. Il n'avait toujours pas retrouvé les deux jeunes et leurs familles. Il avait encore de l'ouvrage à faire. Beaucoup d'ouvrage.

Avant toute chose, Monsieur Bouchard prit soin de recharger son fusil. « Qu'elles reviennent, les damnées bibittes, pour voir », songea-t-il, belliqueux. Évitant soigneusement de marcher sur les restes des créatures qu'il venait d'abattre, il appuya son arme contre le mur, à portée de main, et s'approcha du policier qui flottait dans son alvéole, des tubes lui sortant des bras et du cou. L'objet semblait s'être posé de lui-même sur le sol lorsque les créatures étaient mortes. Il plaça les mains sur la substance caoutchouteuse et tira de toutes ses forces pour la déchirer. Sans succès. Essoufflé, son cœur cognant dans sa poitrine, il s'arrêta pour réfléchir. Il envisagea un instant d'utiliser son fusil pour percer la membrane, mais rejeta l'idée en raison du danger auquel elle exposait le policier. Il enfonça les mains dans les poches de son pantalon à la recherche de quelque chose de tranchant et en ressortit son porte-clés. Il empoigna solidement la clé de son camion, dont la tête encastrée dans le plastique lui donnait une bonne prise, et l'enfonça brutalement dans la membrane de l'alvéole. Le liquide verdâtre se mit aussitôt à gicler et une odeur déplaisante de désinfectant remplit la pièce. Encouragé, Monsieur Bouchard scia davantage la membrane avec les dents de sa clé. La surface céda brusquement et le liquide se répandit sur le sol. Les tubes s'arrachèrent brutalement de la chair du policier qui s'effondra par terre, inanimé. Monsieur Bouchard s'agenouilla près de lui et le retourna sur le côté. Il balança de grandes claques dans le dos du jeune homme qui vomit du liquide vert et se mit à tousser horriblement.

— Ça va aller, le jeune, dit Monsieur Bouchard en lui tapotant l'épaule. Prends ton temps. Ça va passer, tu vas voir.

Entre deux quintes de toux, le policier, recroquevillé sur le sol, fit un signe de la tête en direction de sa collègue. Monsieur Bouchard se releva et procéda à la même opération. Quelques minutes plus tard, les deux policiers, l'uniforme imprégné d'un liquide visqueux et nauséabond, étaient assis sur le sol, haletants et grimaçants, la tête entre les jambes. Pâles comme la mort, des blessures sanguinolentes au cou et aux avant-bras, ils tentaient de retrouver à la fois leur souffle et leurs esprits. Pendant qu'ils se remettaient tant bien que mal, le vieillard, son fusil bien en main, leur résuma la situation du mieux qu'il le put.

La jeune policière fut la première à se relever. Appuyée contre le mur pour ne pas tomber, elle secoua la tête.

— Depuis le début, ces deux jeunes avaient raison, haleta-t-elle. Et nous, on a cru qu'ils avaient trop d'imagination. Si j'avais su... Mais comment voulez-vous croire à une histoire pareille ? Des lumières bleues qui kidnappent les parents et la petite sœur...

— Il faut les sortir d'ici, réussit à bredouiller son collègue, toujours assis sur le sol. Il faut sortir tout le monde. Il faut...

— Je pense pas que ce soit faisable, ça, mon jeune, coupa Monsieur Bouchard. Il y en a qui sont dans leur bocal depuis des siècles, là-bas. Si tu veux mon avis, on a peut-être ben une chance de ramener les plus récents, comme vous autres, mais les autres, y ont plus mal aux os depuis longtemps...

Pendant que son collègue se relevait à son tour, la policière s'examina. Le liquide verdâtre était déjà presque sec et ne laissait pratiquement aucune trace sinon une odeur persistante. Elle prit son revolver dans sa ceinture et le vérifia.

— Il est sec, constata-t-elle en consultant son collègue du regard.

— Le mien aussi, répondit ce dernier en se relevant, l'arme à la main.

— Pis moi, j'ai ça, s'écria Monsieur Bouchard en montrant son fusil, l'air mauvais. Une balle de douze, ça fait tout plein de jus de grosse tête partout.

L'un après l'autre, ils sortirent de la pièce. Au fond d'un des couloirs, une porte était éclairée. L'arme au poing, les deux policiers et le vieillard se dirigèrent dans cette direction.

Dans l'étrange endroit où se trouvaient Émilie et Félix, une voix composée d'une infinité de voix en parfaite harmonie tonna tout à coup, semblant provenir de partout à la fois. Elle se répercuta presque à l'infini dans cet univers apparemment sans limites.

— Une erreur de traitement est survenue. Les unités biologiques doivent être converties en données avant d'être versées dans la Convergence.

5

CONTRÔLEUR

Devant les deux adolescents, l'air se mit à osciller et se condensa graduellement en une vague forme, puis se solidifia. Là où il n'y avait rien quelques instants auparavant, un homme grand et mince, vêtu d'une longue robe blanche immaculée qui lui couvrait les pieds, se tenait à quelques mètres d'eux. Son visage émacié et pâle était encadré par de longs cheveux droits aussi blancs que sa robe, séparés au milieu, qui lui descendaient jusqu'aux épaules. Sa posture était raide et il tenait ses mains sur sa poitrine, à l'intérieur de ses larges manches, dans une attitude totalement dénuée d'expression. Dans ses yeux sans iris, les pupilles n'étaient qu'un petit point noir sur fond blanc.

— Préparez-vous à être convertis en données, dit l'homme en blanc, d'une voix très profonde et sonore, mais complètement monocorde.

— Qui êtes-vous ? demanda Émilie, tremblante de peur.

L'homme, qui n'était visiblement pas habitué à se faire interpeller, parut pris de court par la question. Il inclina la tête et, l'espace d'un instant, son regard devint vague, comme s'il écoutait des directives que lui seul pouvait entendre.

— Je suis... le Contrôleur de ce centre de traitement, répondit-il. Ma tâche consiste à assurer la transmission des données qui y sont recueillies vers la Convergence.

— Centre de traitement ? répéta Émilie, une grimace de dégoût déformant son visage virtuel. C'est comme ça que vous appelez ce musée des horreurs où on garde des pauvres gens dans des contenants ?

— Le centre de traitement est l'endroit où les données biologiques sur l'espèce dominante de cette planète sont recueillies pour être transmises vers la Convergence, répondit l'homme en blanc, parfaitement impassible. Votre conversion en données est défectueuse. Je vais y remédier.

Il sortit une main de sa manche et la pointa vers Émilie et Félix. Ses doigts semblèrent perdre leur consistance et se transformèrent en un tentacule lumineux animé d'étranges pulsations. La chose, au bout de laquelle frétillaient de petits vers multicolores semblables à ceux de l'écran, s'étira vers les adolescents. À l'unisson, Félix et Émilie se jetèrent de côté. Le tentacule passa dans le vide, là où ils se trouvaient l'instant d'avant. L'homme les regarda, perplexe.

— Vous avez fait échouer la connexion. Veuillez demeurer immobiles pour votre conversion en données, ordonna-t-il.

— Attendez ! s'écria Émilie. Nous pouvons tout vous expliquer !

— Nous sommes ici par accident, ajouta Félix avec empressement. Émilie a juste touché au drôle d'écran avec des lumières, là, et pouf ! On s'est transformés en hologrammes sans savoir comment et on s'est retrouvés ici.

L'homme en blanc les observa, l'air de plus en plus confus. Il releva le sourcil et inclina de nouveau la tête. Le tentacule se résorba et redevint une main qui reprit sa place dans la manche.

— Vous n'êtes pas des données, confirma-t-il. Votre image a été transférée directement dans la Convergence sans être convertie. Cette procédure est inappropriée. Vous devez retourner au point de collecte pour la conversion.

L'homme fit un petit geste de la tête et une créature grise se matérialisa aussitôt devant eux, immobile. Instinctivement, Félix et Émilie reculèrent d'un pas.

— Cette unité biomécanique va vous raccompagner au point de collecte, déclara l'homme.

— Les saletés grises qui ont kidnappé nos parents et Abelle ! murmura Émilie.

La créature s'avança dans leur direction, une baguette illuminée à la main. Ses yeux noirs se fixèrent sur Émilie.

— Attendez ! cria-t-elle. Nous voulons juste retrouver nos parents et repartir !

L'homme en blanc la regarda, hésitant. Il fit un geste de la tête et la créature grise se figea sur place, la baguette toujours tendue vers Émilie.

— Expliquez.

— Nous sommes entrés dans votre centre de traitement parce que nous voulions retrouver nos parents, répondit Félix. Les sphères bleues les ont capturés et vos unités bio... bio... biochose, là, les ont enfermés dans des espèces de bocaux remplis de liquide vert. Nous voulons juste les sortir de là.

— Pourquoi ? demanda l'homme, visiblement dépassé par ce qu'il entendait. Expliquez.

— Comment ça, pourquoi ? explosa Émilie. Parce qu'ils sont nos parents ! On ne va quand même pas les laisser moisir dans votre musée des horreurs pour l'éternité !

— Et il y a ma petite sœur, aussi, nota Félix.

Pour la première fois, le visage de l'homme en blanc prit une expression : l'étonnement.

— Vous souhaitez *empêcher* la conversion de données ? Expliquez.

Émilie s'avança vers l'homme. Lorsqu'elle se trouva à quelques pas de lui, elle fit mine de se frotter le visage d'une main, mais passa carrément à travers. Elle laissa échapper un soupir d'exaspération et releva ses yeux virtuels vers ceux de l'homme.

— Monsieur... Nous aimons nos parents. C'est normal. De les voir comme ça, en train de flotter dans ces affreux contenants, avec des tuyaux qui leur sortent de partout, ça me brise le cœur. S'il vous plaît, dites à ces créatures de relâcher nos parents et nous repartirons aussitôt. Nous ne dirons rien à personne, je vous le jure ! J'aime tellement ma mère, termina-t-elle en versant des larmes virtuelles.

L'homme l'observa longuement.

— Aime... ma mère ? Expliquez.

— Je l'aime. C'est ma mère, dit Émilie à travers ses sanglots. Comment voulez-vous que j'explique ça... Je l'aime, c'est tout.

Insatisfait de l'explication d'Émilie, l'homme se tourna vers Félix.

— Aime ma mère ? Expliquez.

Félix soupira et tenta de mettre de l'ordre dans ses idées.

— Aimer, c'est... c'est éprouver de l'amour... Je ne sais pas, moi... Aimer, c'est... aimer.

— La Convergence ne contient aucune référence à la caractéristique « aime » chez votre espèce. Expliquez.

— Ce n'est pas une caractéristique. C'est un sentiment, risqua Émilie.

— Sentiment ? Expliquez.

— Agggghhhhhh ! grogna Félix de frustration en tentant de tirer les cheveux qu'il n'avait pas avec les mains qu'il n'avait pas davantage. Il est bouché des deux bouts, ce type ! ! ! Ce n'est pas sorcier, pourtant ! Un sentiment ! C'est quelque chose qu'on éprouve ! L'amour, la peur, la jalousie, le bonheur, la tristesse, l'angoisse, la tranquillité, la joie... Un sentiment, quoi ! Il n'y a pas un dictionnaire qui traîne quelque part dans votre Convergence ?

— La Convergence contient des données biologiques sur toutes les formes de vie recensées. Aucune ne fait référence à « amour ». Expliquez.

Félix regarda Émilie et haussa les épaules, dépité.

— Au secours... Je ne suis qu'un gars, moi, gémit-il.

— L'amour, c'est quand on aime quelqu'un, peina Émilie. Et c'est encore plus fort quand cette personne nous aime aussi. Ça procure beaucoup de bonheur, de bien-être. On est toujours heureux d'être avec quelqu'un qu'on aime et qui nous aime. On se sent utile, apprécié. Ça donne un sens à la vie. Et c'est très fort, l'amour. Je ne connais pas un parent qui ne donnerait pas sa vie pour sauver celle de son enfant, par exemple. Ça, c'est du vrai amour. Et puis, c'est inconditionnel, l'amour. Quand on aime, c'est gratuit. Je ne sais pas quoi vous dire de plus. Vous comprenez ?

L'homme la regarda sans répondre. Il inclina une fois de plus la tête et sembla s'absenter mentalement. Après un moment, il répondit.

— « Amour » et « sentiment » ne sont pas des caractéristiques biologiques. Votre conversion en données permettra d'intégrer ces nouveaux paramètres à la Convergence.

Sans la moindre expression, l'homme tendit la main vers eux. Le tentacule se reforma.

O

Monsieur Bouchard et les deux policiers firent irruption dans la pièce où les attendait une scène irréelle. Émilie et Félix se tenaient, raides et immobiles, devant un appareil dont l'écran brillait d'une intense lumière. Émilie avait la main posée sur ce qui semblait être un écran et Félix avait sa main sur l'avant-bras de sa copine. Les deux adolescents étaient translucides. Leur corps semblait partiellement dénué de substance et n'être qu'à moitié présent dans la pièce.

Devant eux, un homme aux longs cheveux blancs, vêtu d'une grande robe blanche, flottait dans l'espace, translucide lui aussi. Son bras était tendu vers Émilie et Félix et un étrange tentacule aux extrémités frétillantes s'avançait vers eux.

— Qu'est-ce que c'est que ça, marmonna le policier, paralysé par l'incompréhension.

Un assourdissant coup de tonnerre remplit la pièce. L'appareil explosa dans une gerbe d'étincelles et d'arcs électriques. Les deux policiers se retournèrent vers Monsieur Bouchard qui se tenait dans la porte, son fusil encore fumant.

— Vaut mieux pas niaiser avec ces bibittes-là, dit-il, l'œil mauvais. Prenez soin des petits, ajouta-t-il en désignant le sol de l'autre côté de la pièce.

Félix et Émilie gisaient par terre, étourdis, mais conscients. Leur corps avait retrouvé toute sa substance. La policière s'agenouilla auprès d'eux pendant que son collègue, l'arme au poing, surveillait attentivement les environs.

— Ça va ? demanda-t-elle en leur tâtant le visage et les membres.

— Oui, je crois, répondit Félix en secouant la tête pour retrouver ses esprits. Émilie ? Où est Émilie ?

— Elle est juste là, près de toi.

— T'en fais pas. Je ne vais pas disparaître aussi facilement que ça, le taquina Émilie d'une toute petite voix en se frottant le visage.

La policière les aida à se relever.

— Venez. Nous n'avons pas de temps à perdre. Il faut retrouver vos parents et sortir d'ici.

Ils se dirigèrent vers la porte et allaient la franchir lorsqu'une voix retentit dans la pièce, derrière eux. Une voix qu'Émilie et Félix connaissaient.

— Vous devez être convertis en données.

L'homme en blanc s'était matérialisé près du terminal que Monsieur Bouchard venait de pulvériser. Il tendit aussitôt la main vers Émilie et Félix. Avant que le vieillard et les policiers ne puissent réagir, le tentacule lumineux surgit à une vitesse vertigineuse et se brancha solidement au front des deux adolescents.

— Collecte de données amorcée, déclara l'homme de sa voix monocorde.

Monsieur Bouchard sortit la tête dans le couloir.

— Bonyenne ! Y a du trouble qui s'en vient ! cria-t-il.

Les deux policiers le rejoignirent. Au fond du couloir, une dizaine de créatures grises s'approchaient d'eux.

— Mon Dieu ! murmura la policière. Des extra-terrestres...

— Des maudites grosses mouches laides, oui, répliqua Monsieur Bouchard. Visez la tête ! Ça pète comme des melons trop mûrs !

Les deux policiers prirent position, leur main gauche soutenant leur poignet droit, les jambes écartées, leur arme pointée vers les créatures. Ils se mirent à tirer.

Monsieur Bouchard s'approcha d'Émilie et de Félix. Prisonniers de leur connexion lumineuse, les yeux exorbités, ils étaient complètement rigides. Leur regard se perdait dans l'infini. Il se retourna vers l'homme, qui se tenait immobile, la main toujours tendue vers les deux jeunes.

— Laisse-les tranquilles ! cria-t-il. Sinon, j'vas te faire sauter la tête à toi aussi, le *pâlotte* !

Le vieillard pointa son fusil vers l'homme en blanc, qui releva le sourcil et fit un petit geste de la tête. Le canon du fusil devint mou comme un boyau d'arrosage et plia lamentablement vers le sol. Dépité, Monsieur Bouchard laissa tomber son arme.

— Ils doivent être convertis en données pour combler certains paramètres manquants sur votre espèce, déclara tranquillement l'homme en blanc. La Convergence ne contient aucune référence à « amour ».

Monsieur Bouchard entra dans une sainte colère.

— Amour ? Laisse-les tranquilles, pis j'vas te le dire, moi, ce que c'est, l'amour ! J'vas même te l'expliquer à grands coups de pied au cul, si tu veux !

Le lien lumineux était rempli de petits points multicolores qui semblaient émerger du front d'Émilie et de Félix pour être ensuite absorbés par le bras de l'homme en blanc.

— Expliquez, dit l'homme.

— L'amour, répondit Monsieur Bouchard, c'est être lié à quelqu'un tellement fort que même lorsqu'il est plus là, on l'aime encore. Comme mon petit Luc, que tu m'as pris. Depuis cinquante ans, j'ai pas cessé une minute de l'aimer !

— Continuez.

Dans le corridor, les coups de feu avaient cessé.

— Monsieur Bouchard. Je ne sais pas ce que vous faites, mais n'arrêtez pas ! cria la policière. Ils se sont immobilisés.

Monsieur Bouchard, l'air mauvais, reprit.

— Comment veux-tu expliquer l'amour ? C'est pas possible. C'est comme la haine. Il faut l'éprouver pour la comprendre. Si seulement tu pouvais comprendre, toi, combien je t'haïs...

— La conversion en données de ces deux unités nous permettra de comprendre.

— C'est pour ça que tu mets des gens dans des bocaux ? explosa Monsieur Bouchard, délirant de colère. Pour *comprendre* ? T'en fais des bonyennes de légumes, juste *pour comprendre* ? !

L'homme en blanc regarda le vieillard, l'air incertain.

— Ben maudit, prends-moi ! hurla Monsieur Bouchard d'une voix éraillée par l'épuisement. J'ai quatre-vingt-onze ans, pis j'ai plus personne de toute façon. Tu vas comprendre combien j'aimais mon petit Luc pis ma Jeannette ! Tu vas comprendre combien je vous haïs, toi pis tes maudites mouches ! Tu vas en comprendre, des affaires, c'est moi qui te le dis ! Mais laisse ces enfants-là pis leurs parents tranquilles ! T'as pas le droit de prendre du monde de même, pis de les traiter comme des animaux de laboratoire !

L'homme en blanc parut réfléchir puis prendre une décision. Le tentacule se rétracta et Félix et Émilie vacillèrent sur leurs pieds. Les policiers s'empressèrent de les saisir sous les aisselles pour les empêcher de tomber.

L'homme considéra Monsieur Bouchard.

— Vous êtes plus expérimenté que ces deux entités. Votre offre est acceptable. Vous allez être converti en données et transféré dans la Convergence.

Le vieillard hocha gravement la tête. Il jeta un regard vers les policiers.

— Occupez-vous bien des petits, dit-il.

Il laissa traîner son regard sur Émilie et Félix, muets d'émotion, et leur fit un dernier sourire. Enfin, il allait retrouver Luc. Le tentacule s'avança et le vieillard ferma les yeux, serein.

o

Les créatures grises étaient venues prendre le corps inerte de Monsieur Bouchard et l'avaient emporté sur leur table flottante. Pendant de longues minutes, Émilie, Félix et les deux policiers restèrent sur place. L'homme en blanc les regardait, immobile, les mains dans les manches de sa longue robe.

— Que fait-il ? demanda le policier.

— Il attend, répondit Félix.

— Il attend quoi ?

— De comprendre, compléta Émilie.

Le policier, perplexe, haussa les épaules en regardant sa collègue, qui montait la garde près de la porte et jetait périodiquement un coup d'œil inquiet dans le couloir.

Après une attente qui leur parut interminable, l'homme en blanc sembla reprendre vie. Il regarda Félix et Émilie en penchant la tête, puis sortit lentement les mains de ses manches et les tendit vers eux, paumes vers le haut. Son visage prit une expression de tendresse mêlée de regrets. Il ouvrit la bouche et hésita, semblant chercher ses mots.

— Je suis... désolé. Nous ignorions... l'amour, dit-il. Grâce à l'information fournie par Edmond-Louis Bouchard, nous comprenons maintenant que vous avez des... sentiments.

Émilie et Félix regardaient intensément l'homme en blanc.

— Mais qui êtes-vous exactement? demanda Félix. Et votre Convergence, qu'est-ce que c'est? Je ne comprends rien à tout ça.

L'homme en blanc sourit et sembla s'étonner de cette sensation inédite.

— Après toutes les souffrances que nous avons involontairement infligées à votre espèce, nous vous devons une explication. Voyez vous-mêmes.

Il tendit la main vers eux. Le tentacule émergea de nouveau. Craintifs, Félix et Émilie reculèrent et levèrent les mains devant leur visage pour se protéger. Les deux policiers pointèrent aussitôt leur arme vers l'homme.

— Ne craignez rien, dit-il en souriant. Nous ne vous ferons plus de mal. Maintenant que nous comprenons...

Encore sceptiques, Émilie et Félix fermèrent les yeux, le visage crispé, et laissèrent le tentacule de l'homme en blanc se poser sur leur front.

La pièce disparut, remplacée par un espace rempli d'images en trois dimensions si denses et si rapides que Félix et Émilie arrivaient à peine à en saisir quelques-unes au passage. On aurait dit qu'un ordinateur hyperpuissant tentait de télécharger la totalité de son contenu dans leurs cerveaux en quelques microsecondes.

— Pas... si... vite, gémit Émilie.

— Je suis désolé, dit la voix de l'homme en blanc. Je vais ralentir le débit.

Les images ralentirent. Partout autour d'eux, à perte de vue, des mondes se superposaient, habités des formes de vie les plus diverses, de l'infiniment petit à l'infiniment grand. Des galaxies entières étaient vivantes. Des micro-organismes animaient des univers infinis qui tenaient à l'intérieur d'un atome. Des êtres dont la nature même échappait à la compréhension de Félix et d'Émilie alternaient entre divers plans d'existence, entre les dimensions, entre les univers parallèles. Une infinité de mondes, d'univers, de dimensions, de formes de vie...

L'homme en blanc flottait au milieu de cette infinité d'images.

— La Convergence, dit-il en faisant un geste de la main.

La teneur des images changea. Et Félix et Émilie, émerveillés, comprirent. Une force, une intelligence englobait l'infinité des univers qui défilaient devant leurs yeux. Sa présence imprégnait les moindres recoins de la Création. Tous les mondes, tous les plans d'existence, toutes les dimensions étaient reliés à un vaste réseau de collecte de données géré par les Contrôleurs. Au sein de ce réseau, des points de collecte comme celui où ils se trouvaient accumulaient des spécimens d'êtres vivants aux formes infiniment variées et les conservaient dans des alvéoles semblables à celles que Félix et Émilie avaient vues. Maintenus artificiellement en vie, ces spécimens étaient étudiés, mesurés, analysés avec l'aide d'ouvriers créés par les Contrôleurs : les créatures grises.

Les Contrôleurs accumulaient ainsi une multitude de connaissances grâce auxquelles ils maintenaient l'équilibre de la Création. Les données qu'ils tiraient de chaque espèce s'ajoutaient à une banque de données d'une inimaginable complexité.

Tout le réseau convergeait vers un point central qui participait de tous les univers à la fois sans appartenir complètement à aucun, qui était hors du temps et de l'espace, qui était simultanément partout et nulle part. La Convergence. L'endroit où se trouvait la connaissance absolue.

Puis, les images disparurent. Les deux adolescents se retrouvèrent de nouveau dans la pièce, face au Contrôleur. Ils se regardèrent, sidérés. Les policiers, eux, n'étaient plus là.

— Il y a vraiment autant de formes de vie dans l'univers ? demanda Félix, émerveillé.

— Encore plus. Les univers et les formes de vie sont innombrables, répondit le Contrôleur.

— Et vous les surveillez toutes ? poursuivit Félix.

— Nous veillons à maintenir l'équilibre dans l'univers, c'est vrai. C'est pour cela que nous accumulons toute cette information. Nous devons suivre l'évolution de chaque forme de vie et essayer de les comprendre toutes.

— Mais alors, vous êtes... Dieu ! déclara Émilie d'une voix pleine d'émotion.

Le Contrôleur sourit avec attendrissement.

— Dieu... C'est un bien grand mot... Pour vous, peut-être que oui...

Le Contrôleur hésita un moment et poursuivit.

— À force d'accumuler des connaissances, nous en sommes venus à penser que la Convergence n'est qu'une toute petite partie de la réalité. Nous soupçonnons qu'elle est elle-même étudiée par... quelqu'un d'autre.

— Dieu ? insista Émilie.

— Je ne sais pas. Peut-être, répondit-il en haussant les épaules. Mais est-ce vraiment important ?

Le Contrôleur recula de quelques pas.

— Je dois partir maintenant. Grâce à vous, nous avons de nouveaux paramètres à étudier. Peut-être qu'un sentiment comme l'amour s'applique à d'autres formes de vie. Nous devrons en tenir compte. En attendant, vous serez contents d'apprendre qu'Edmond-Louis Bouchard a été le dernier humain à être converti en données. Désormais, nous vous observerons autrement.

— Comment ? demanda Félix.

Le Contrôleur se contenta de sourire.

— Et nos parents ? s'écria Émilie avec angoisse. Vous allez les libérer ?

— Nous les avons déjà replacés dans leur contexte original.

— Vous voulez dire qu'ils sont à la maison ? s'exclama Félix, tout excité.

— Maintenant, vous devez rentrer chez vous. Les unités biomécaniques vont vous accompagner.

Sans le moindre adieu, le Contrôleur se dématérialisa. Des créatures grises approchèrent de la porte et attendirent calmement que Félix et Émilie les rejoignent. Ainsi encadrés, les deux adolescents parcoururent en sens inverse le couloir qui menait au centre de cet étrange complexe, puis prirent sur leur gauche. Félix et Émilie reconnurent le couloir qu'ils avaient emprunté après être entrés dans la colonne lumineuse. Par intervalles, ils pouvaient voir les alvéoles qu'ils avaient frottées plus tôt.

Ils marchèrent ainsi jusqu'à l'endroit où les avait déposés la colonne lumineuse. Une des créatures leur fit signe de se tenir au milieu du couloir. Émilie poussa Félix du coude et désigna une alvéole toute neuve sur le mur. Dans le liquide verdâtre, Monsieur Bouchard flottait tranquillement. L'espace d'une seconde, Félix aurait juré qu'il souriait. Puis, la lumière les enveloppa.

Félix s'éveilla en pleine nuit. Il s'étira, se retourna sur le côté et se blottit la tête dans son oreiller moelleux. Dans la fenêtre, la lune brillait et il pouvait apercevoir une chouette dans un arbre. Il soupira de bien-être. Pendant un moment, un rêve tenta de remonter à la surface. Puis, il se rendormit.

ÉPILOGUE

Félix venait de mettre la dernière valise dans la voiture. Essoufflé, il s'appuya contre la portière et s'essuya le front. Pour une fin d'août, il faisait très chaud. Pour cette raison, Monsieur Grenier avait décidé de partir en soirée, une fois le soleil couché. Le voyage de retour vers Sherbrooke serait plus confortable.

— Oh... Les gros efforts... Tu penses que tu vas survivre ? demanda une voix espiègle derrière lui.

Félix se retourna pour trouver Émilie à quelques mètres de lui, les mains sur les hanches, un grand sourire sur le visage.

— T'en fais pas pour moi. Je vais m'en remettre, répliqua-t-il d'un ton amusé. Et puis, tu ne devrais pas rire. Ta mère et toi, vous n'êtes que deux.

— Ouais, ouais, des excuses, se moqua Émilie en souriant.

Félix se dirigea vers elle.

— Vous repartez pour Montréal demain?

— Oui. Ça ne me tente pas vraiment. Je crois que tu as réussi à faire une fille de la campagne avec moi.

— Bon ! Faut rien exagérer. Mais on a eu du bon temps, hein ?

— Un bel été tranquille.

— Tu as bien noté mon adresse de messagerie, hein ?

— Oui. On clavardera au moins une fois par semaine.

— Promis ?

— Promis-juré.

Sur le balcon, Monsieur Grenier ferma la porte à clé. Madame Grenier et Abelle se dirigeaient déjà vers la voiture avec Madame Saint-Jacques.

— Vous nous donnerez des nouvelles aussitôt que la transaction sera complétée, n'est-ce pas ? demanda Madame Grenier à sa voisine.

— Ça devrait se faire d'ici quelques jours. Je crois que les propriétaires sont bien contents de vendre.

Félix étira le cou, intéressé.

— Quoi ?

— Je ne te l'ai pas dit ? sourit Émilie, l'air plus taquin que jamais. Ma mère a déposé une offre d'achat sur le chalet et elle a été acceptée. Elle l'a eu pour pas cher. Il ne reste plus qu'à signer les documents et nous serons officiellement propriétaires. Tu es pris avec moi pour longtemps!

Un sourire bête figé sur le visage, Félix essayait tant bien que mal de masquer son contentement.

— Allez, tout le monde, cria Monsieur Grenier. En voiture!

Félix hésita, regardant alternativement la voiture où sa famille s'installait déjà et Émilie qui lui souriait. Sa copine s'avança sans prévenir et lui posa un baiser sur la joue.

— Allez, grand niochon. Ils t'attendent.

Félix prit place dans la voiture et tout le monde se salua de la main. Au village, les Grenier s'arrêtèrent au marché pour y acheter quelques cannettes de jus, histoire de ne pas fondre dans la voiture. Ils y croisèrent les deux policiers qui avaient passé le dernier mois des vacances à tenter de comprendre ce qui avait bien pu arriver au pauvre Monsieur Bouchard, qui était disparu sans laisser de trace.

Monsieur Grenier avait été très attristé de perdre ce vieillard avec lequel il s'était lié d'amitié au fil des étés et qui était, il fallait bien le dire, sa meilleure source d'information sur l'histoire locale. Pendant quelques semaines, tous les villageois avaient spéculé sur ce qui avait bien pu lui arriver, certains disant même à la blague que les lumières bleues dont il avait tant parlé avaient fini par l'emporter. On avait cru l'avoir retracé lorsqu'on avait découvert un cadavre dans une caverne, non loin de la colline Grandville. Mais l'examen avait révélé qu'il s'agissait d'un certain Leroux, qui s'était perdu en forêt voilà plus de cent ans. De Monsieur Bouchard, on n'avait retrouvé que la canne, dont personne n'avait pu expliquer la présence près du cadavre.

— Alors ? demanda la policière. C'est le grand départ ?

— Eh oui, répondit Madame Grenier. Que voulez-vous, toute bonne chose a une fin.

— Ne vous en faites pas, dit le jeune policier aux allures de colosse. Neuf mois, c'est vite passé. D'ici là, nous aurons un œil sur le chalet.

— C'est gentil de votre part. Merci.

Tout le monde reprit place dans la voiture et on se remit en route. Félix se cala dans le siège et regarda par la fenêtre. Il lui tardait d'être à la maison et de retrouver ses jeux vidéo et son portable. Mais une partie de lui avait déjà hâte de revenir au chalet l'année suivante. Il était perdu dans ses pensées lorsqu'il lui sembla apercevoir, immobile sur le bord de la route, un homme tout vêtu de blanc qui les regardait en souriant. Il se retourna brusquement. Rien. Seule la lune éclairait faiblement l'orée de la forêt. Il avait dû rêver.

TABLE DES MATIÈRES

Les titres de la collection Atout

1. *L'Or de la felouque*** Yves Thériault
2. *Les Initiés de la Pointe-aux-Cageux*** Paul de Grosbois
3. *Ookpik*** Louise-Michelle Sauriol
4. *Le Secret de La Bouline** Marie-Andrée Dufresne
5. *Alcali*** Jo Bannatyne-Cugnet
6. *Adieu, bandits !** Suzanne Sterzi
7. *Une photo dans la valise** Josée Ouimet
8. *Un taxi pour Taxco*** Claire Saint-Onge
9. *Le Chatouille-Cœur** Claudie Stanké
10. *L'Exil de Thourème*** Jean-Michel Lienhardt
11. *Bon anniversaire, Ben !** Jean Little
12. *Lygaya** Andrée-Paule Mignot
13. *Les Parallèles célestes*** Denis Côté
14. *Le Moulin de La Malemort** Marie-Andrée Dufresne
15. *Lygaya à Québec** Andrée-Paule Mignot
16. *Le Tunnel*** Claire Daignault
17. *L'Assassin impossible** Laurent Chabin
18. *Secrets de guerre*** Jean-Michel Lienhardt
19. *Que le diable l'emporte !*** Contes réunis par Charlotte Guérette
20. *Piège à conviction*** Laurent Chabin
21. *La Ligne de trappe*** Michel Noël
22. *Le Moussaillon de la* **Grande-Hermine*** Josée Ouimet

23/23. *Joyeux Noël, Anna** Jean Little

24. *Sang d'encre*** Laurent Chabin

25/25. *Fausse identité*** Norah McClintock

26. *Bonne Année, Grand Nez** Karmen Prud'homme

27/28. *Journal d'un bon à rien*** Michel Noël

29. *Zone d'ombre*** Laurent Chabin
30. *Alexis d'Haïti*** Marie-Célie Agnant
31. *Jordan apprenti chevalier** Maryse Rouy
32. *L'Orpheline de la maison Chevalier** Josée Ouimet
33. *La Bûche de Noël*** Contes réunis par Charlotte Guérette

34/35. *Cadavre au sous-sol*** Norah McClintock

36. ***Criquette est pris*****
Les Contes du
Grand-Père Sept-Heures
Marius Barbeau

37. ***L'Oiseau d'Eurémus*****
Les Contes du
Grand-Père Sept-Heures
Marius Barbeau

38. ***Morvette et Poisson d'or*****
Les Contes du
Grand-Père Sept-Heures
Marius Barbeau

39. ***Le Cœur sur la braise*****
Michel Noël

40. ***Série grise*****
Laurent Chabin

41. ***Nous reviendrons en Acadie !****
Andrée-Paule Mignot

42. ***La Revanche de Jordan****
Maryse Rouy

43. ***Le Secret de Marie-Victoire****
Josée Ouimet

44. ***Partie double*****
Laurent Chabin

45/46. ***Crime à Haverstock*****
Norah McClintock

47/48. ***Alexis, fils de Raphaël*****
Marie-Célie Agnant

49. ***La Treizième Carte****
Karmen Prud'homme

50. ***15, rue des Embuscades****
Claudie Stanké et
Daniel M. Vincent

51. ***Tiyi, princesse d'Égypte*****
Magda Tadros

52. ***La Valise du mort*****
Laurent Chabin

53. ***L'Enquête de Nesbitt*****
Jacinthe Gaulin

54. ***Le Carrousel pourpre*****
Frédérick Durand

55/56. ***Hiver indien*****
Michel Noël

57. ***La Malédiction*****
Sonia K. Laflamme

58. ***Vengeances*****
Laurent Chabin

59. ***Alex et les Cyberpirates*****
Michel Villeneuve

60. ***Jordan et la Forteresse assiégée*****
Maryse Rouy

61/62. ***Promenade nocturne sur un chemin renversé******
Frédérick Durand

63/64. ***La Conspiration du siècle******
Laurent Chabin

65. ***Estelle et moi****
Marcia Pilote

66. ***Alexandre le Grand et Sutifer*****
Magda Tadros

67/68/70. ***L'Empire couleur sang******
Denis Côté

71. ***L'écrit qui tue*****
Laurent Chabin

72. ***La Chèvre de bois****
Maryse Rouy

73/74. ***L'Homme de la toundra*****
Michel Noël

75. ***Le Diable et l'istorlet*****
Luc Pouliot

76. ***Alidou, l'orpailleur*****
Paul-Claude Delisle

77. ***Secrets de famille*****
Laurent Chabin

78. ***Le Chevalier et la Sarrasine*****
Daniel Mativat

79. ***Au château de Sam Lord****
Josée Ouimet

80/81. ***La Rivière disparue*****
Brian Doyle

82/83. ***Sémiramis la conquérante*****
Magda Tadros

84. ***L'Insolite Coureur des bois****
Maryse Rouy

85/86. ***Au royaume de Thinarath*****
Hervé Gagnon

87. ***Fils de sorcière*****
Hervé Gagnon

88. ***Trente minutes de courage****
Josée Ouimet

89/90. ***L'Intouchable aux yeux verts*****
Camille Bouchard

91. ***Le Fantôme du peuplier*****
Cécile Gagnon

92. ***Grand Nord : récits légendaires inuit*****
Jacques Pasquet

93/94/95. ***À couteaux tirés*****
Norah McClintock

96/97. ***À la recherche du* Lucy-Jane****
Anne Bernard Lenoir

98/99. ***Un fleuve de sang*****
Michel Villeneuve

100/101. ***Les Crocodiles de Bangkok*****
Camille Bouchard

102. ***Le Triomphe de Jordan*****
Maryse Rouy

103. ***Amour, toujours amour !*****
Louise-Michelle Sauriol

104. ***Viggo le Viking*****
Alexandre Carrière

105. ***Le Petit Carnet rouge*****
Josée Ouimet

106/107. ***L'Architecte du pharaon* 1. *Un amour secret*****
Magda Tadros

108. ***Spécimens*****
Hervé Gagnon

109. ***La Chanson de Laurianne*****
Denise Nadeau

110. ***Amélia et les Papillons*****
Martine Noël-Maw

111. ***La Nuit du Viking*****
Anne Bernard Lenoir

* Lecture facile ** Lecture intermédiaire *** Lecture difficile